經典古文小寓言

高詩佳／著

讀動物故事、打造文言文基礎、

閱讀素養題全部學起來！

Contents

Contents

推薦序

古文不怕，文言不難

文／林玫伶（清華大學客座助理教授）

聽到文言文，恐怕許多孩子會有這樣的反應：「好難啊，看不懂」、「之乎者也的，不能說人話嗎」、「古時候的東西關我現在什麼事」……。的確，學習文言文是許多孩子的痛點，通常是為了考試不得不硬學硬記。

但不容否認，文言文有簡潔精煉、辭藻豐富的優勢，為了讓孩子親近它、喜愛它，嘗到古文的甜頭，作者高詩佳老師開闢了一條有趣的途徑，那就是閱讀動物寓言故事。

本書有二十篇精采好看的動物故事，詩佳老師以白話文書寫，故事裡的角色刻畫立體，情節安排細緻，孩子閱讀他們熟悉的白話文故事，幾乎不會有什麼難點，動物故事又能引發孩子的興趣，不知不覺享受、浸淫在閱讀的樂趣中。

接在白話的動物故事之後，經典古文寓言噹—噹—噹—出現了！原來剛剛讀的動物故事，就是改寫自經典的古文寓言。古文有許多以動物為主角的故事，簡潔生動，藉由具體的故事傳達抽象的道理，隱含作者對人生的觀察和體驗，有些寓言更是成語的出處，被譽為語文的「活化石」，至今仍為我們所活用。可惜當代的孩子對文言文有所畏懼，讓這些優美且寓意深遠的古文距離愈來愈遠。

讓孩子先閱讀白話故事，腦中對角色、情節還很熟悉之際，再進入古文情境，不會有全然陌生之感，無形中拉近了孩子與古文之間的距離，我想這是詩佳老師在安排閱讀順序上的一大巧思。至於孩子擔心的文言文理解問題，每篇之後都會介紹一個小知識，分量不多卻能涓滴成河，累積孩子的古文素養。

更棒的是，文章一今一古，仔細讀讀看，咦？兩篇內容還不太一樣呢！白話故事雖然是從古文寓言改寫而來，但增加了許多細節，例如背景描述、情緒轉折、角色互動等，有些白話故事的結局甚至和古文寓言不同，根本是創意大翻轉。古有古意，今有今情，兩篇相近卻不相同的故事，最適合拿來比較了，於是詩佳老師在每一篇最後出了幾道素養題，讓孩子即讀即練，除了測驗重要語詞和故事理解外，還希望孩子透過多文本閱讀策略，比較古今兩篇文章的異同。

二十篇故事的二十五個動物主角，住在詩佳老師打造的「奇獸幻域世界」，孩子每讀完一篇不妨到地圖上「插旗」，感受逐漸完成目標的成就感；也可以從地圖尋找想認識的奇幻動物，再到故事裡拜訪牠們。

這本書是多功能的，孩子可以單純享受閱讀動物寓言的快樂，也可以進階登堂體會古文寓言的妙處，還可以汲取寓言的智慧，運用在日常生活中。現在就打開書吧！奇獸幻域世界等你來！

推薦序

顛覆寓言的想像，創造語文學習的動能

文／賴秋江（高雄市新上國小教師）

在經典寓言故事中出現的主角經常是動物，比如大家耳熟能詳的「螳螂捕蟬」、「狐假虎威」或「鷸蚌相爭」等，每一則寓言故事不但透過動物來傳遞情感與思念，而且藉由牠們的演出來比喻或諷刺當代人事物，甚至結果往往切中人心，也因此成為經典流傳。

初看作者新書《經典古文小寓言》，本以為就是把幾則經典寓言故事改編重寫，誰知原來好戲在裡頭！詩佳老師猶如一位眼光獨具的新銳導演，從一開始的選角，在千百隻動物中精挑細選，進入了奇獸幻域世界。每一隻主角動物都各有本事與奇特之處，也都各自藏身在世界不同角落，透過一張地圖、二十則故事，帶你展開驚心動魄的冒險之旅，解開隱藏其中的謎團，精心安排的劇情完全顛覆了我對寓言故事的想像，原來經典可以這樣改變，動物可以這樣演很大！

你以為這本書只有這樣嗎？詩佳老師更展現自己在語文上的深厚功力，不只是要帶著孩子冒險解謎，還要幫助孩子閱讀與思考，甚至想激發出他們內心想親近古文的那種渴望。

身為老師的我們都知道，對學生而言，文言文有時就像無字天書般難呀！看得懂每一個字卻看不穿文字間的意涵，但現實總是殘酷的，無論會考或學測，古文仍占有一定比例，叫你不想它也難呀！

因此，在書中除了令人大開眼界將原作改寫而成的**【故事新編】**外，**【經典原文】**的文言文原作隨即登場，還貼心附上翻譯與注釋，讓你前後對照重編與原作、白話與古文，大幅降低了文言文的門檻，讓古文變得更親民些。

而詩佳老師更厲害的還在後頭，透過**【古文微素養】**巧妙置入了精采的文本及各類語詞分析解說，比起硬邦邦的注釋解說有趣多了，也更容易吸收；那些文言文中常出現且令人苦惱的「子、其、乃、焉、乎」等虛詞，突然間統統都清楚明白了。

閱讀完這三大部分後，最後再以**【閱讀素養題】**作為故事的結尾，幾道素養題的小試身手，檢視自己對故事或原文的理解度，讓你心底更為踏實與安心。原來，我讀的不只是寓言故事，而是經典古文呢！

一本看似小品的書，裡頭卻藏了許多精采好料，同時兼顧了故事趣味性與文學知識性，果然是好戲連齣。

自序
寄寓諷刺與情思的動物小寓言

人與動物長期共存，和諧共處，是大自然的精心安排。古代的先賢很早就明白了這個道理，在他們的文章中，雖然還沒有太多的環境保護、生態平衡的意識，對動物卻有愛心、友善、仁慈等人文關懷和價值。莊子、柳宗元、蒲松齡這些大作家，更常將動物當作寓言的主角，用比喻、諷刺等方式，在牠們身上寄託自己的思想及感情，每一篇都很動人，值得閱讀。

近年來，詩佳老師觀察各大國文測驗，發現會考國文的文言文比例約百分之三十，學測國文的文言文比例約百分之五十五，表示國家教育對於國、高中生的文言文閱讀能力與素養，仍有一定的要求與期待。所以，決定將古代有關動物的經典作品，去蕪存菁，收羅齊備，寫成《經典古文小寓言》，幫助孩子閱讀與思考，激發他們學習古文的興趣。

本書分為兩個部分：第一，是收錄古代作家的文章，以文言文和翻譯、注釋的形式呈現，便於學習古文。第二，是將古代的動物故事，從各種角度改寫成白話故事，有的會按照原文擴充，塑造人物，豐富細節；有的會顛覆原來的故事，讓故事的寓意更加多元而深刻。

同時，詩佳老師以奇幻小說的筆法，發揮創意，將書中二十則新編的白話故事，歸納在同一個世界觀，稱為**「奇獸幻域世界」**。在書的開頭，就先將所有登場的動物主角一一介紹，而且為這個虛擬的世界畫了地圖，孩子在閱讀時，就能按圖索驥，創造閱讀的樂趣！

這本書很適合三、四年級以上，到國中的孩子閱讀。對小學中年級的孩子來說，動物故事能夠引發他們的學習興趣；對高年級和國中的孩子來說，在閱讀文言文和白話故事以後，還可以進行**「古今雙文本」**的閱讀比較，厚植自己的閱讀素養，一舉兩得。

書中的**【故事新編】**單元，由詩佳老師對原作進行童話式的鋪敘、改寫。**【經典原文】**單元，收錄的是文言文原作，包含翻譯和注釋。**【古文微素養】**單元，會告訴你改寫的故事和古文有什麼不同，詩佳老師也會在這裡傳授學習古文的祕訣。最後的**【閱讀素養題】**單元，會提供四題閱讀素養測驗，讓你挑戰成語的運用，以及對古文和新編故事的閱讀理解。

透過這二十則文言文經典故事，我們將了解：只貪圖眼前的利益，忽略背後隱藏的危險，可能會有什麼後果（〈螳螂捕蟬〉）；女娃的毅力和意志，令人佩服（〈精衛填海〉）；有些人曾受驚嚇，心有餘悸，稍有動靜就害怕，就稱為「驚弓之鳥」（〈驚弓之鳥〉）；體會人與萬物的融合和共存（〈莊周夢蝶〉）；而有些人會假借權威，作威作福（〈狐假虎威〉）。

在解析文言文的同時，詩佳老師將自己對古文原作的理解、考察、思索與見解，融入到新編的白話故事，將古文「再創作」，讓埋藏其中的人生哲理和謀略一一解密。這樣的引導安排，使整個閱讀和學習的過程充滿趣味，讀者也將與我乘著經典的羽翼，在迷人的故事與圖畫中，開啟生命的格局與智慧。

延伸閱讀

想聽更多經典故事，可收聽【高詩佳故事學堂】Podcast。

詩佳老師以好聽的聲音和生動的語言，將精心挑選的經典故事娓娓道來，讓您置身其中感受故事的魅力。透過細膩的描寫和生動的角色，引發共鳴和思考，同時提升您的閱讀素養和寫作力。

【高詩佳故事學堂】
Podcast 萬用連結

歡迎來到「奇獸幻域世界」

這是一個充滿奇幻色彩的世界，在這裡，有許多驚奇等待著你。

穿越茫茫的大陸，你將會遇到各種奇妙的生物：九頭鳥外型奇特，精衛鳥以聰慧和勇敢聞名，獅貓是宮廷裡的霸主，蝴蝶則是莊子變成的。不僅如此，還有許多生物，等待著你的探索與發現。

這裡的地形多樣，有深不見底的東海，有雄偉的孽搖山和發鳩山，有美麗的湖泊和中央河，而森林則是綠意盎然的祕境。這裡還有許多神祕的國度，有位在近海的大魯國，擁有許多湖泊的大周國、自給自足的周家村，還有富裕的大明國。

在每個角落，都有冒險與奇遇等著你。進入這個世界以後，你將會看到二十則動人的故事，參與驚心動魄的冒險，並揭開世界的種種謎團。

歡迎來到「奇獸幻域世界」，展開你的探險之旅！

奇獸幻域世界
孽搖山
大明國
周家村
中
央
河
大魯國宗廟
大周國
發鳩山
大魯國
東
海
大周國

奇獸角色介紹

黃雀

臨機應變能力強。

螳螂

鐮刀腳，腳起刀落。

蟬

鳴叫聲震人耳膜。

三隻蝨子

各個都是吵架王。

公雞

對人類生活很有研究。

精衛鳥

有無窮無盡的體力。

大雁

聽到弓弦聲就全身無力。

蝙蝠

飛禽類和走獸類的混種。

九頭鳥

九個頭都喜歡爭吵。

燕雀

完美主義者。

海鳥

天性愛好自由、嚮往自然。

蝴蝶

哲學家莊子的化身。

（狐假虎威的）狐狸
聰明機智無人能及。

鷸鳥
生平最愛吃蚌肉。

河蚌
擁有力道強勁的兩片殼。

墨魚洋洋
把墨汁當成隱形斗篷。

翠鳥媽媽
母愛強大的直升機父母。

（與狐謀皮的）狐狸
頭腦清楚不吃虧。

羊
頭腦清楚不吃虧。

大雞
弱點是容易被騙。

獅貓
懂戰術，臨敵經驗豐富。

大老鼠
對破壞珍寶很有興趣。

青蛙
有勇氣走出舒適圈。

小鹿
單純到把敵人當朋友。

白龍女
性格高傲，從來不低頭。

1 黃雀、螳螂與蟬的守護

（據西漢劉向《說苑・正諫・螳螂捕蟬》改寫）

今天要說的，是黃雀、螳螂與蟬彼此守護的故事。

黃雀是淺黃綠色的小鳥，會吃少量昆蟲。螳螂是伏擊型掠食者，特徵是鐮刀般的前腳。雄蟬在腹胸的交界處有發聲器，收縮振動時，會產生很大的鳴叫聲。

在下面的【故事新編】裡，我們將看到這三種動物放下利益，彼此守護的經過。讓我們一起閱讀這個好玩的故事吧！

故事新編

在「綠得要命」的森林裡，一棵樹上，有一隻淺黃綠色的黃雀正在覓食，牠站在螳螂的背後，得意的伸長了脖子，準備吃掉螳螂。突然間，一顆彈丸從牠的翅膀上掠過，牠嚇得跳了起來，低頭看見樹下有個人拿著彈弓，正要拿出第二顆彈丸，打算**趁虛而入**，再次射牠。

黃雀抖著羽毛，非常害怕，牠心想：「我一定要逃離這個可怕的人類！」就在這時候，牠看見那隻螳螂縮著身體、屈著前肢貼在樹枝上，正準備攻擊前面的蟬。

黃雀思量著：「如果只靠我孤單一個，很難逃離人類的追捕，不如請螳螂來幫幫我吧！」所以牠決定聯合螳螂和蟬，一起對付可怕的人類。黃雀就對前面的螳螂大聲喊道：「螳螂兄弟！你能幫幫我嗎？樹下有個人類正在捕獵，我們可以一起逃離他的追捕！」

螳螂聽到黃雀的呼喊，嚇得轉過牠的綠色三角頭。當螳螂發現黃雀並不想吃牠，只是想幫牠時，牠就用那翠綠色如鐮刀般鋒利的前肢，向黃雀揮舞，表示願意幫助黃雀。

於是，螳螂也大聲的對前面的蟬喊道：「蟬兄弟，你能幫幫我們嗎？有個人類正在捕獵，我們可以一起逃離他！」蟬正在邊唱歌、邊吸露水，聽到螳螂的呼喊，嚇得差點從樹枝掉下去，但是牠很快就發現螳螂不想吃牠，而是想幫牠。蟬又看到樹下的人類，這時人類已經將彈丸放在彈弓上，準備射擊了。蟬就震動胸前的發聲器，發出鳴聲，表示願意合作。

現在，螳螂與黃雀各自準備好攻擊的姿勢了。蟬忽然發出異常尖銳的聲音，就像震波一樣，一下比一下大聲，那個人忍不住用雙手蓋住耳朵。黃雀趁機鼓動翅膀，用翅膀拍打樹葉，樹上的葉子大量、大量的掉落下來，全都掉在那個人的頭上、身上，迷亂他的眼睛，使他幾乎看不見前方的事物。就在這時，螳螂往下一跳，跳到那個人的脖子上，舉起鐮刀腳，用力一劃，割出了一道傷口。那個人只覺得耳朵、脖子都很痛，**頭昏目眩**，就丟下彈弓跑掉了。

黃雀、螳螂與蟬，就這樣成功的逃離人類的捕獵。牠們成為好朋友，一起探索森林的每個角落，分享食物和歡笑；友誼日漸深厚，彼此互相幫助，在森林裡開心的生活。牠們很珍惜這份友誼，不再互相猜忌，更不會再把對方當作食物。

當然，等到人類再次拿著彈弓出現時，這些小動物又將會**合作無間**，在對方的背後守護著對方，並且想盡辦法保護彼此。

經典原文：〈螳螂捕蟬〉

園中有樹，其上有蟬，蟬高居悲鳴飲露①，不知螳螂在其後也；螳螂委身曲附②，欲取蟬，而不知黃雀在其傍也③；黃雀延頸欲啄螳螂④，而不知彈丸在其下也⑤。此三者皆務欲得其前利⑥，而不顧其後之有患也⑦。

園子裡有一棵樹，樹上有一隻蟬，蟬在高處放聲鳴叫，吸著露水，卻不知道螳螂在牠的後面；螳螂彎著身體，屈著前肢，想撲上去抓住蟬，卻不知道有一隻黃雀在牠的旁邊；黃雀伸長了脖子想要啄食螳螂，卻不知道有人拿著彈弓，在樹下要射牠。蟬、螳螂、黃雀都一定要得到眼前的利益，卻沒有考慮牠們背後的禍患。

注釋

①悲鳴：指放聲叫。飲露：吸飲露水。
②委身曲附：縮著身體，屈著前肢。
③傍：音旁，旁邊。
④延頸：伸長脖子。啄：音濁，鳥類用嘴取食。
⑤彈丸：指彈弓。
⑥務：一定。利：利益。
⑦患：禍害、災難。

古文微素養

這篇〈螳螂捕蟬〉的原文，用短小的篇幅，藉著黃雀、螳螂與蟬等動物，都從後面想要捕獵前面的獵物，比喻某些人的眼光短淺，只貪圖眼前的利益，忽略背後隱藏的危險。

而在**【故事新編】**裡，我們擴大了〈螳螂捕蟬〉的故事格局。故事分成三個層次，從蟬、螳螂到黃雀，每個動物的背後都有敵人，而且動物們都做了某種動作，讓形象變得更生動。比如說，蟬一邊唱歌、一邊喝露水，很得意的樣子；螳螂準備捕獵的姿態，像志在必得；黃雀則是預備進擊，也是胸有成竹。三種動物表現出來的自信形象，正是絕佳的反諷。

接著，我們來認識這篇文章的**「虛詞」**。文言文裡的虛詞，有時代表語氣，有時有別的作用。比如故事中的「其」字，就當作代名詞用：「不知螳螂在**其**後」的「其」指蟬；「不知黃雀在**其**傍」的「其」指螳螂；「不知彈丸在**其**下」的「其」指黃雀。

古人寫作時，為了不想重複寫同樣的詞語，會用虛詞代替，像用「其」代替前面提過的「蟬」，這樣就不必重複寫好幾次。原來古人是這樣追求文字的簡潔，是不是很有趣呢？

閱讀素養題

下面的題目包含成語用法及故事理解，最後比較本課的兩篇故事，現在就來作答吧！

1 **【故事新編】**裡的成語「趁虛而入」，意思是：「趁對方疏忽不備時侵入。」下列哪個句子的用法**正確**？

A 聖誕夜時，媽媽在襪子空空時趁虛而入，放入了禮物。

B 護理師在我離開病房時趁虛而入，整理點滴管路。

C 當年，爸爸在媽媽升上總經理時趁虛而入，追到了媽媽。

D 火災發生後，住戶們都逃出來，小偷趁虛而入，拿走了一些物品。。

2 【**經典原文**】中形容螳螂「**委身曲附**」，下列哪個選項的解釋**正確**？

A 螳螂縮著身體，高聲的鳴唱著曲子，貼附在樹枝上。

B 螳螂把自己託付給彎曲的樹枝，牢牢的依附在上面。

C 螳螂縮著身體、屈著前肢，貼附在樹枝上。

D 螳螂把心聲寄託在曲子中，在樹枝上鳴唱著。

3 【**經典原文**】中主要蘊含的寓意是什麼？請選出**最符合**的選項：

A 在捕獵的時候，一定要留意前後的動靜。

B 不要只顧眼前的利益，而不考慮背後的禍患。

C 只要趁著目標不防備，就能進行攻擊，取得勝利。

D 只要站在敵人的背後，就能百分之百成功擊敗對方。

4 【**故事新編**】中有些情節安排與【**經典原文**】不同，請選出**正確**的（複選）：

A【新編】按黃雀、螳螂、蟬的順序敘述，【原文】按蟬、螳螂、黃雀的順序敘述。

B【新編】的蟬會吸飲雨水，【原文】的蟬會吸飲露水。

C【新編】的結尾是喜劇，【原文】的結尾沒有結局。

D【新編】的黃雀跟螳螂化敵為友，合作對付人類，【原文】的黃雀沒有發現人類，一心想吃螳螂。

參考答案

1↓D。2↓C。3↓B。4↓A、C。

2 三隻愛吵架的蝨子

（據戰國韓非《韓非子・說林下・三虱相訟》改寫）

今天要說的，是三隻愛吵架的蝨子團結合作的故事。

蝨子寄生在人類、哺乳類動物和鳥類的身上。牠們的體型小，身體扁平，生活在有毛髮的地方，有善於勾住毛髮的足，主要以宿主的血液、毛髮、皮屑等為食物。

在下面的【故事新編】裡，我們將看到這三隻蝨子合作的經過。讓我們一起讀這篇有意思的故事吧！

故事新編

「咕咕……咕……」一大早，公雞就開始喔喔啼叫，牠的叫聲是農夫起床的信號，雞啼聲不但傳進了農夫最喜愛的豬舍，同時也叫醒了整座莊園。

這是一間**亮潔如新**的豬舍，陽光透過小窗戶照射進來，讓整間豬舍都明亮清爽起來。豬舍裡放著幾張乾淨的稻草蓆，有豬槽和水槽，讓豬可以吃飯和喝水。有一頭洗得很乾淨的豬被安置在這裡，牠身上有三隻饑渴的蝨子，緊緊的咬住牠的皮肉，爭奪牠身上最芬芳的血液。

其中一隻蝨子說：「我在這裡等了一整天，好不容易等到豬被送過來，牠的血是我的！」另一隻蝨子立刻回應：「你在這裡等了一天嗎？我已經等了三天了！這些血是我的！」第三隻蝨子瞪大了眼睛，尖叫道：「你們都錯了！我可是等了整整一個星期！這裡的血液很豐沛，都是我的！」三隻蝨子吵個不停，直到一隻路過的蝨子問起原因，牠們才解釋給牠聽。

那隻路過的蝨子聽完以後，環顧了一下豬舍，大笑著說：「真愚蠢啊！你們不覺得這間豬舍乾淨得很奇怪嗎？這裡是『祭品等待區』啊！你們有沒有想過，這頭豬可能會在某天被屠宰，變成人類的祭品？那時候，牠的血和肉都會被人類享用，你們現在吵這個有什麼意義呢？」

三隻蝨子大吃一驚，你看我，我看你，停止吵架了，牠們將頭靠在一起，**議論紛紛**起來。第一隻蝨子興奮的說：「我們應該一起吸每一吋肉上的血，這樣，就可以讓這頭豬趕快瘦下來，牠就不會被屠宰了！」第二隻蝨子附和說：「沒錯！我們要保護這頭豬，讓牠可以活得更久！」第三隻蝨子頻頻點頭，說：「讓我們一起為這頭豬的生命奮鬥吧！」

於是，這三隻蝨子團結起來**大快朵頤**，吸取豬身上的血液。由於吸了太多血，牠們的身體從扁平變成圓形，鼓鼓的，還不時停下來打嗝。在三隻蝨子的努力下，這頭豬不但漸漸瘦下來，變得胖瘦適中，比從前更美麗，還讓豬的主人開始欣賞牠的美，決定把牠當成寵物。從此以後，豬快樂的在田野上生活，而三隻蝨子也在這頭豬身上有了溫暖的家。

這天，第一隻蝨子吸完血以後，用腳擦擦嘴角上的汁液說：「我想，我們應該一起維持這頭豬的健康，不然虛弱的豬，可能會被別的動物攻擊。」第二隻蝨子鬆開叮在豬身上的嘴巴，點頭稱讚，補充說：「我們可以輪流吸血，牠的身體就有時間恢復了。」第三隻蝨子更是興奮的說：「如果我們能夠一直這樣下去，就可以結束流浪的生活了！」

於是，三隻蝨子從爭鬥中學到了珍惜與合作的道理，牠們很有遠見的維護了豬的健康，終於為自己和豬創造了一個快樂幸福的家。這則故事告訴我們，團結在一起時，理智和友愛可以戰勝貪婪和自私，而共同的目標和努力，更是實現和平與幸福的關鍵。

經典原文：〈三蝨相訟〉

三蝨相與訟①。一蝨過之②，曰：「訟者奚說③？」三蝨曰：「爭肥饒之地④。」一蝨曰：「若亦不患臘之至而茅之燥耳⑤，若又奚患？」於是乃相與聚嘬其身而食之⑥。彘臞⑦，人乃弗殺⑧。

有三隻蝨子正在互相爭辯。另一隻蝨子經過牠們身旁，便問：「你們為什麼吵呢？」三隻蝨子回答說：「我們在爭豬身上肥肉和血最多的地方。」那隻蝨子就說：「你們也不擔心臘祭時燒茅草，這頭豬就要被殺掉燒烤祭神，你們不擔心又沒血可吸嗎？」於是三隻蝨子才趕快聚在一起，吸吮豬身上的血。豬因此變瘦了，主人就沒有殺這隻豬。

注釋

① 虱：同「蝨」，寄生在人、動物和植物上的小型昆蟲。相與：相偕、互相。訟：爭辯是非。

② 過：經過。

③ 奚：音溪，為什麼。

④ 肥饒：充足、茂盛。

⑤ 若：你、你們。患：擔心。臘：歲終時合祭眾神的祭祀。茅之燥：用茅草燻烤，使豬肉乾燥，以便製成臘肉。茅，茅草。燥，乾。

⑥乃：才。嘬：音踹，叮、咬。

⑦彘：音至，豬。臞：音渠，清瘦。

⑧乃：於是。弗：音符，不。

古文微素養

這篇〈三虱相訟〉的原文是說，三隻蝨子互相爭奪近在眼前的利益（豬血），後來醒悟到，短視近利可能會害自己滅亡，只有將眼光放遠，才能讓好日子（有血可吸）維持穩定和長久。**【故事新編】**則是增加對於場景（豬舍）的描寫，並且豐富故事的細節，不但讓三隻蝨子一起為了生存團結起來，還讓牠們更有遠見，懂得節制欲望才能共存共榮的道理。

古文裡出現了兩個「若」字，是什麼意思呢？通常「若」是如果、假如的意思，表示假設，比如「天若有情天亦老」，意思是：假如老天和人一樣有感情的話，也照樣會衰老。

但是「若」也可以當作代名詞來用，意思是：你、你們、你的。比如在這篇文章裡的：「若亦不患臘之至而茅之燥耳，若又奚患？」這句是另一隻蝨子在對三隻蝨子說話，稱呼牠們為「你們」。古文有很多這種一字多義的現象，只要了解上下文意，就不難分辨了。

閱讀素養題

下面的題目包含成語用法及故事理解，最後比較本課的兩篇故事，現在就來作答吧！

1 **【故事新編】**裡的成語**「大快朵頤」**，意思是：「飽食愉快的樣子。」下列哪個句子的用法**正確**？

A 他大快朵頤的吃完了一頓豐盛的晚餐。

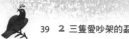

B 昨晚，餐廳大快朵頤的準備了了一頓美食，讓我們盡興而歸。

C 她今天做了很多運動，回家後感覺大快朵頤。

D 看到這頓美食，我們都大快朵頤的笑著，鼓動著臉頰。

2 **【經典原文】**中說**「三虱相與訟」**，下列哪個選項的解釋**正確**？

A 三隻虱子為了某件事情互相打官司。

B 三隻虱子為了某件事情互相爭辯。

C 三隻虱子為了某件事情互相責備。

D 三隻虱子代人包辦訟事從中圖利。

3 **【經典原文】**中主要蘊含的**寓意**是什麼？請選出**最符合**的：

A 團結起來才能有好日子過。

B 處於迷惘的時候需要當頭棒喝。

C 只顧著眼前的利益，卻忽略隱藏的禍患，會導致危害。

D 豬變瘦就會失去作祭品的價值。

4 比較**【故事新編】**與**【經典原文】**，關於「好心提醒的另一隻蝨子」，請選出**正確**的：

A 【原文】的蝨子貪婪自私，【新編】的蝨子最後才團結合作。

B 【原文】的蝨子沒注意豬舍，【新編】的蝨子發現豬舍是祭品等待區。

C 【原文】的蝨子最後沒血可吸，【新編】的蝨子把豬當成了家。

D 【原文】的蝨子形象平面，【新編】的蝨子具有睿智的形象。

參考答案

1→A。2→B。3→C。4→B。

3 公雞啼叫的智慧

（據宋朝李昉《太平御覽・蟲豸部六・雞鳴其時》改寫）

今天要說的，是關於公雞啼叫的故事。

啼叫是公雞的特徵，公雞在出生後四個月就會啼叫了，雖然母雞可能也會。公雞可以在一天裡的任何時間啼叫，一些公雞尤其愛叫，這跟公雞的品種和個體特質有關。

在下面的【故事新編】裡，我們將看到三隻小動物向公雞學習啼叫。讓我們一起讀這篇可愛的故事吧！

故事新編

在周家村的小溪流旁，莊子變成的蝴蝶正在花叢中吸食花蜜。蛤蟆、青蛙和蒼蠅則是聚在一起，伴著淙淙的流水聲，熱情的大聲叫著，但是後來牠們累了，決定休息一下。

蛤蟆輕咳了兩聲，埋怨說：「真是的！我們每天**日以繼夜**的叫，卻一直被人們忽略。我們叫得口渴極了，好累啊！」青蛙頻頻點頭說：「是啊，我們的聲音總是被忽視，該怎麼辦呢？」蒼蠅「嚶嚶嚶」的飛上飛下，焦慮的說：「人們看到我都覺得髒，根本不想聽我的聲音啊！」

這時候，公雞抬頭挺胸、**搖頭擺尾**的走了過來，正好聽到了牠們的對話。公雞抬起毛茸茸的頭，驕傲的說：「咯咯咯，你們在說關於叫聲的事情嗎？我可以給你們一些想法喔！」牠說著說著，還一邊搖晃頭上的雞冠，那昂然挺立的雞冠就像一團燃燒的火焰，好不神氣！蛤蟆、青蛙和蒼蠅好奇的看著公雞，期待牠的建議。

公雞說：「你們知道嗎？作為公雞，我們的叫聲是農夫起床的信號。每天黎明前，太陽還沒升起，我就開始叫，因為我知道這是最適合的時機，農夫和人們聽到我的聲音，就知道該起床工作了。我抓住清晨的關鍵時刻，讓我的聲音成為人們生活中**不可或缺**的一部分。」

蛤蟆、青蛙和蒼蠅互相看著彼此，點點頭，有些明白公雞的話。蛤蟆深綠色的臉頰鼓起來，興奮的說：「原來叫得多，是沒有意義的。公雞大哥，你是怎麼判斷時機的呢？」

公雞笑著說：「我仔細觀察了人類世界的變化，當天空逐漸變成橙黃色，但太陽還沒升起時，農夫的鼾聲停止，代表他快起床了。這個時刻，人們即將展開工作。所以，我每天都在這個特定的時間叫。為什麼呢？因為我知道，人們需要聽到我的聲音，來激勵他們開始工作。我就像是他們早晨的夥伴，陪伴他們迎接新的一天！」

青蛙和蛤蟆佩服的點頭稱讚，說：「公雞大哥，你真聰明！你的叫聲不但提醒了農夫，也激勵了我們。我們應該效法你的方法，抓住適當的時機，發出有意義的聲音，這樣才能真正引起人們的注意。」蒼蠅也開心的飛上飛下。這三個小動物，都願意嘗試這個方法。

於是，公雞猛甩了一下尾巴，搖晃著牠的翹臀，邁開大步離開了。

從那天起，蛤蟆、青蛙和蒼蠅密切的注意時間，等待絕佳的鳴叫時機。當清晨的陽光灑在大地，人們準備起床時，蛤蟆和青蛙齊聲合唱，呱呱、咕咕，互相回應，發出美妙的歌聲。蒼蠅在旁邊嚶嚶的飛舞，金色的陽光照在牠的身上，讓牠華麗的變身為金色的小飛俠。牠們彷彿組成了一支「晨曦交響樂團」，將美妙的旋律傳遞給每一個早起的人們。

這一次，牠們迷人的歌聲和舞蹈吸引了村民，大家紛紛湧向聲音的源頭，驚嘆不已，原來這些小動物竟能發出如此動人的聲音！從此以後，每當黎明來臨，公雞、蛤蟆、青蛙和蒼蠅，都會齊聲奏出最動人的歌聲，與人們一同迎接嶄新的一天。牠們的歌聲成了清晨最美麗的旋律，為整個村莊帶來了活力。

經典原文：〈雞鳴其時〉

子禽問曰①：「多言有益乎②？」墨子曰③：「蛤蟆蛙黽④，日夜恆鳴⑤，口乾舌擗⑥，然而不聽。今觀晨雞，時夜而鳴⑦，天下振動⑧。多言何益？唯其言之時也⑨。」

墨子的學生子禽問道：「多說話有好處嗎？」墨子回答說：「蛤蟆和青蛙，經常不分日夜的叫個不停，叫到口乾舌燥、疲憊不堪，但是人們對牠們的聲音充耳不聞。現在看早上的公雞，經常在每天黎明到來前鳴叫，牠一叫，天底下的人們就要早起勞作。多說話有什麼好處呢？只要把握說話的時機就好了。」

注釋

①子禽：墨子的學生。

②益：好處。

③墨子：名墨翟，提倡兼愛、非攻，主張消弭戰爭，著有《墨子》，是墨家思想的代表。

④蛤蟆：音蛤麻，是一種蛙類，體型類似蟾蜍而較小。蛙黽：黽，音猛，蛙屬，大腹水蟲。

⑤恆：經常。
⑥擗：音僻，掰開，指舌頭裂開。
⑦時：經常。
⑧振動：震盪、撼動，指影響天下人。
⑨唯：只有。

古文微素養

這篇〈雞鳴其時〉的故事，藉著觀察公雞的行為告訴我們，多說話並沒有什麼好處，只有在關鍵時機說話，才會有意義。**【故事新編】**則是多了許多有趣的細節，讓我們認識蛤蟆、青蛙和蒼蠅的心聲，並且藉著公雞智慧的言談，帶我們明白一個道理：「時機」對發聲可是相當重要的！只有在適當的時候大聲表達自己，才能吸引別人的注意，獲得他們的重視。

古文裡面的「曰」是什麼意思呢？「曰」讀成「ㄩㄝ」，就是「說」的意思。我們在《論語》中看到的「子曰」，就是「孔子說」，因為《論語》記載了許多孔子說的話，所以書裡充滿了「子曰」，是這本書的特色。它的字形比較扁、胖，千萬不要跟「日」混淆了。

閱讀素養題

下面的題目包含成語用法及故事理解，最後比較本課的兩篇故事，現在就來作答吧！

1 【**故事新編**】裡的成語「**搖頭擺尾**」的意思是：「指動物擺動頭尾，也形容人高興、得意或悠然自得的神情。」下列哪個句子的用法**正確**？

A 爸爸要帶全家人出門，妹妹高興得搖頭擺尾，轉了一個圈。

B 他考了第一名，就學公雞搖頭擺尾的說：「這次的題目太簡單了！」

C 我看到王同學搖頭擺尾的對著老師說實話。
D 大猩猩看到香蕉樹，忍不住做了搖頭擺尾的動作。

2 **【經典原文】**中說雞鳴使得**「天下振動」**，下列哪個選項的解釋**正確**？
A 雞鳴會造成強烈的地震。
B 雞鳴會驚動全天下人的注意力。
C 雞鳴的時候，天下人就要早起勞作。
D 雞鳴的時候，天下人就會被驚醒。

3 **【經典原文】**中蘊含了哪些**意義**？請選出**最不符合**的：
A 子禽不明白說話的時機，墨子說故事予以解惑。
B 蛤蟆和青蛙鳴叫的時機不對，所以受人忽略。
C 蛤蟆和青蛙因為聲音難聽，所以沒有影響力。

D 墨子認為多話無益，掌握正確的時機說話才有意義。

4 比較**【故事新編】**與**【經典原文】**，請選出**正確**的（複選）：

A 【原文】沒有說故事，只是墨子對動物的觀察，【新編】說了一個完整的故事。

B 【原文】的結局是蛤蟆和青蛙沒有學會鳴叫，【新編】的有學會。

C 【原文】教我們多說話沒有益處，【新編】教我們掌握說話的時機。

D 【原文】的蛤蟆和青蛙虛心求教，【新編】的公雞很有智慧。

參考答案

1↓B。D選項：猩猩沒有尾巴。2↓C。3↓C。4↓A、C。

4 想填平大海的精衛鳥

（據《山海經．北山經．精衛填海》改寫）

今天要說的，是精衛鳥想要填平大海的故事。

精衛是上古時代神話傳說中的神鳥，原本是炎帝的小女兒女娃，某天在東海溺水而死，死後化身為鳥，名叫精衛，常常到西山銜木石想填平東海。

在下面的【故事新編】裡，我們將看到精衛鳥和龍王合作的經過。讓我們一起閱讀這篇發人深省的故事吧！

故事新編

這座「高得要命」的發鳩山，不知道已經佇立在那兒多久了，山上的柘樹生得**枝繁葉茂**，一片青綠。山裡有許多特別的鳥，比如從孽搖山飛來的九頭鳥；除此之外，還有一種特別的鳥，長得很像烏鴉，頭上有斑紋，有白色的嘴巴和紅色的腳爪，名字叫作精衛鳥，因為牠的叫聲總是「精衛、精衛」的，聽起來就像在呼喚自己的名字。

然而，精衛鳥的身世來自一個悲傷的故事。

很久以前，炎帝的小女兒女娃到東海遊玩時，不幸遇上了龍王甩尾，龍尾甩出去造成的滔天巨浪，遮住了一半的天空，女娃也被捲入海水中。在黑暗的大海裡，女娃掙扎著爭取每一口呼吸的機會，她的手臂拚命划動，但是敵不過強大的海流。最後，女娃不幸溺死了。

這時發生了神奇的事，女娃的靈魂凝聚在一起，長出了羽毛和血肉，成為精衛鳥。精衛鳥不希望悲劇再度發生，所以常常叼著西山的樹枝和石頭，前往填塞**波濤洶**

湧的東海。

時間一天天過去，有一天，精衛鳥正要將小石頭投入大海時，看見了一位神祕的人物。他身上的藍色鱗甲，閃爍著海水的光芒；他的眼睛如同海洋般深邃，透露了智慧和鎮定；他頭上的雙角高聳著，呈現出堅毅和力量。他自稱東海的龍王，掌管海洋的一切。

龍王滿臉歉意的對精衛鳥說：「精衛啊，我不經意的甩尾造成妳的死亡，我深感抱歉，而妳的努力和奉獻，使得東海能夠獲得安寧，我心存感激。但是，妳有沒有想過自己的處境呢？妳用盡全力填海，卻無法將海洋填平，為什麼不找其他的目標來努力呢？」

聽了這些話，精衛鳥困惑極了，牠低下頭來若有所思的想了片刻，然後回答：「龍王大人，我從來沒有考慮過其他的選擇，因為填平東海，是微小的我唯一能做的事啊！」

龍王同情的點點頭，說：「我知道，妳希望透過對他人的愛，來填補自己的不幸遭遇。不過，妳不能只做妳永遠無法做到的事，光用樹枝和石頭，不可能將海填平的，而且這麼做也會造成海洋生物的困擾。讓我們一起想想，怎樣才是對大家最好的方式。」

精衛鳥感受到龍王的善意，牠陷入了沉思，漸漸明白了自己的能力有所局限。牠抬起頭來，目光堅定的對龍王說：「龍王大人，您的話提醒了我，我不該把填海當作唯一的目標。我想，我可以跟您合作，用更有智慧的方法來幫助他人。」

龍王欣然點頭，表達對精衛鳥的讚賞和支持。從那天開始，精衛鳥就和龍王並肩攜手，共同努力，致力於貢獻全人類和海洋。他們發現，透過提倡減少污染、保護物種的多樣性、維護自然資源、保護海洋環境等理念，可以實現他們的願景。

精衛鳥的故事引起了人類的注意，牠的填海行為，讓人們感受到來自其他生物的善意；而龍王願意踏出尊貴的龍宮，向人們宣揚理念，也讓人們認識到保護海洋的重要。愈來愈多的動物和人類加入了他們的行列，推動著一個追求共同繁榮和生態平衡的世界。

經典原文：〈精衛填海〉

又北二百里，曰發鳩之山，其上多柘木①。有鳥焉，其狀如烏，文首②，白喙③，赤足④，名曰精衛，其鳴自詨⑤。是炎帝之少女⑥，名曰女娃，女娃游於東海，溺而不返⑦，故為精衛，常銜西山之木石⑧，以堙於東海⑨。

再往北二百里，有一座發鳩山，山上生長著茂密的柘樹。山中有一種鳥，長得像烏鴉，頭上有斑紋、白嘴巴、紅腳爪，叫作精衛，牠的叫聲像在呼叫自己的名字。精衛鳥原本是炎帝的小女兒，名叫女娃，女娃到東海遊玩，淹死在東海裡沒有返回，就變成了精衛鳥，常常銜著西山的樹枝和石子，用來填塞東海。

注釋

①柘木：就是柘樹。柘，音這。
②文首：頭上有斑紋。
③喙：音會，鳥嘴。
④赤：紅色。
⑤其鳴自詨：牠的鳴聲就像呼叫自己的名字。詨：音校，叫聲。
⑥炎帝：傳說中的上古帝王神農氏。
⑦溺：音逆，淹沒。
⑧銜：音嫌，用嘴含物或叼物。
⑨堙：音因，填塞。

古文微素養

這篇〈精衛填海〉的原文屬於「復仇神話」，敘述女娃溺死後，化為精衛鳥，而銜木石填東海，是她的復仇行為，但女娃的精神，同時象徵了毅力和意志。在**【故事**

新編】裡，則給了女娃一個溫暖的理由，說她填海是為了「保護他人」，以彌補自己遭遇的不幸。

原文裡面出現兩個「其」字，都是當代名詞用。在文章用代名詞，是為了避免重複使用同樣的名詞，讓用字更有變化。比如說「曰發鳩之山，其上多柘木」，如果不用「其」代替「發鳩之山」，句子就會非常囉唆，變成：「曰發鳩之山，發鳩山上多柘木」。

「有鳥焉，其狀如烏」也是，「其」代替了「鳥」，都是為了換字以求變化。其實我們現代人寫文章也會這樣，希望能讓字、詞有較多的變化，文章看起來才不會單調，只是現代人已經很少使用「其」字來代替詞語。只要了解原因，讀古文就不再感到困難了！

閱讀素養題

下面的題目包含成語用法及故事理解，最後比較本課的兩篇故事，現在就來作答吧！

1 **【故事新編】**裡的成語「**波濤洶湧**」，意思是：「波浪很大」，下列哪個句子的用法**正確**？

A 他的笑聲像波濤洶湧，充滿了喜悅。

B 這本小說的情節波濤洶湧，讓人感到緊張刺激。

C 噴水池中央噴出噴泉，波濤洶湧的樣子。

D 樹葉被風吹拂上下起伏，就像波濤洶湧的海浪一般。

2 閱讀**【經典原文】**，下列「其」字的用法，哪個**不是**作為代名詞？

A 又北二百里，曰發鳩之山，其上多柘木。（〈精衛填海〉）

B 有鳥焉，其狀如烏。（〈精衛填海〉）

C 子曰：「賜！汝來何其晚也？」（《史記・孔子世家》）

D 先生不知何許人也，亦不詳其姓氏。（〈五柳先生傳〉）

3 **【經典原文】**中精衛鳥為什麼要銜木石填海？請選出**不適合**的（複選）：

A 為了不讓其他人在海上溺水，所以想填海。

B 為了向龍王引戰，填海是故意挑釁的行為。

C 填海行為只是前世記憶的殘留，是一種本能。

D 為了要替自己復仇，所以想填海。

4 比較**【故事新編】**與**【經典原文】**，關於女娃（精衛鳥）的角色塑造，請選出**正確**的（複選）：

A 【原文】沒有描寫女娃化身精衛鳥的方式，【新編】有詳細的描述。

B 【新編】的精衛鳥填海沒有造成傷害，【原文】的精衛鳥破壞了海洋環境。

C 【原文】的精衛鳥填海是為了復仇，【新編】是為了不讓其他人受害。

D 【新編】的精衛鳥具有毅力，【原文】的精衛鳥沒有。

參考答案

1↓D。2↓C。C選項，「其」當作語助詞。3↓A、B、C。4↓A、C。

5 大雁的淚水

（據《戰國策・楚策四・驚弓之鳥》改寫）

今天要說的，是負傷的大雁與人類之間的故事。

大雁是雁屬中體型較大的，遷徙時，總是幾十隻到上千隻一起，互相緊接著列隊飛行，古人稱為「雁陣」。雁陣由有經驗的大雁帶領，加速飛行時，隊伍會排成人字形。

在下面的【故事新編】裡，我們將看到神射手如何對待大雁。讓我們一起閱讀這篇動人心弦的故事！

故事新編

神射手更羸和魏王站在高臺上，抬頭觀看飛翔的雁群，那些雁排成人字形，從他們的頭上飛過，好不壯觀。又過了一會，一隻大雁遠遠的飛來了，飛行的速度比雁群更慢，高度也更低。大雁飛得很吃力，牠心想：「我這個樣子，什麼時候才能跟上雁群呢？」

這時，更羸忽然對魏王說：「大王，我可以光靠拉弓，不需要射箭，就將鳥射下來。」魏王**半信半疑**的說：「你射箭的技術，真的能達到這種境界嗎？」更羸回答：「可以！」

於是更羸拉滿弓弦，再放開，「嗡」的發出好大的聲響，魏王只覺得一股氣流掠過。那隻大雁聽見弓弦聲，嚇了一跳，因為前幾天，就是這個可怕的聲音和那支鋒利的箭，害牠無法跟上雁群。牠只覺得身體無力，就墜落下來，掉在草叢中，嚇跑了假借虎威的狐狸。

看見大雁墜落，魏王驚訝的說：「先生射箭的技術，真的能達到這種境界啊！」

更羸解釋說：「大王，因為那隻大雁曾經受過箭傷。」

魏王更加驚奇了，問：「先生怎麼知道牠受傷了？」更羸微笑說：「剛才我看見這隻大雁飛行緩慢，還發出悲傷的叫聲。飛行慢，是因為舊傷還沒痊癒；叫聲悲傷，是因為與雁群失散。牠聽到弓弦的聲音，為了躲避危險而鼓動翅膀高飛，舊傷裂開，才會墜落下來。」

魏王聽了，不禁點頭說：「先生的觀察力真是獨步天下！您不僅掌握射箭的技術，更能從大自然中，感受到每一個細微的變化。」更羸行禮說：「大王過獎了，這只是我多年來觀察自然界，獲得的一點心得，每個動物都有獨特的特徵與行為。」魏王點頭說是。

在說話間，更羸與魏王走上前去，看看那隻掉下來的孤雁，只見大雁奄奄一息的躺在草叢裡，幸好有柔軟的草叢接住了牠。大雁看到這兩個人走近，更是驚嚇，心想：「這下死定了！人類一定會將我煮來吃。」牠流下了無力的眼淚。

更羸凝視著大雁，沉思片刻後，忽然說：「大王，剛才我示範發射空箭，是為了告訴您觀察與判斷的妙法。但是，我並不是殘忍好殺的人……」他舉起了弓箭，繼續說：「這把弓箭，是為了在戰爭時抵抗敵人而用，並不是為了殺害動物。」

魏王問：「先生打算怎麼做呢？」更羸小心的撿起了大雁放在手心，檢查了牠的身體，然後拿出藥膏，敷在大雁還沒痊癒的箭傷上，再撕下衣服將傷口包裹起來。這一切都讓大雁驚訝極了。更羸對魏王說：「幸好牠只受到驚嚇，等到舊傷復原，就能放回雁群。」

魏王聽了更羸的話，不禁低頭思考。過了片刻，魏王忽然有所體會，就對更羸說：「我先前領悟到的，是觀察與判斷的方法。現在領悟到的，卻是仁者無敵，這是更大的智慧啊！今天先生不但教會我治理國家，也教會我，唯有仁慈才能無敵於天下。」

更羸謙遜的點頭稱謝，表達對魏王的敬意。對他們來說，這不但是一次智慧的交流，更是對於人與自然的思考和體悟。

一旁的大雁再度流下了眼淚，只不過這次牠所流的，是感激的淚水。

經典原文：〈驚弓之鳥〉

異日者①，更羸與魏王處京臺之下②，仰見飛鳥。更羸謂魏王曰③：「臣為王引弓虛發而下鳥④。」魏王曰：「然則射可至此乎⑤？」更羸曰：「可。」

從前，更羸和魏王在高臺上，仰頭看見飛鳥。更羸對魏王說：「我可以為您拉空弓、發虛箭，使鳥落下來。」魏王說：「射箭的技術可以達到這種程度嗎？」更羸說：「可以。」

有間⑥，雁從東方來，更羸以虛發而下之。魏王曰：「然則射可至此乎？」更羸曰：「此孽也⑦。」王曰：「先生何以知之⑧？」對曰：「其飛徐而鳴悲⑨。飛徐者，故瘡痛也⑩；鳴悲者，久失群也，故瘡未息⑪，而驚心未至也。聞弦音，引而高飛⑫，故瘡隕也⑬。」

過一會，有大雁從東方飛來，更羸拉弓虛發，大雁就掉下來了。魏王驚異的說：「射箭的技術可以達到這種程度啊？」更羸說：「因為這鳥受過箭傷。」魏王說：「先生怎麼知道呢？」更羸回答：「牠飛得慢，而且叫聲悲哀。飛得慢，是因為舊傷還沒好；叫聲悲哀，是因為跟雁群失散很久，舊傷沒好，還會害怕。聽到弓弦聲，一用力飛，舊傷裂開就墜落了。」

二 注釋

① 異日：從前。
② 更羸：戰國時期魏國的神射手。羸，音雷。京臺：高臺。
③ 謂：告訴。
④ 引弓：拉弓。虛發：空發。下鳥：使鳥落下。

⑤然則：那麼。
⑥有間：有一會兒。間，音見。
⑦孽：災禍。指大雁曾受箭傷。
⑧先生：對有專業技能者的尊稱。
⑨徐：緩慢。
⑩故：舊。瘡：音窗，外傷。
⑪息：這裡指痊癒。
⑫引：這裡指展開翅膀。
⑬隕：墜落。

古文微素養

這篇〈驚弓之鳥〉的原文，在更羸對魏王說明他的觀察與判斷以後，故事就結束了，很有啟發性。曾受過箭傷的大雁，一聽到弓弦的聲音，就會驚懼，形容曾受驚嚇，心有餘悸，稍有動靜就害怕的人。在【**故事新編**】裡，我們繼續延伸，設想一下，假如更嬴還想給魏王更多的啟發，那會是什麼？新的故事多了情節的轉折，也多了更動人的部分。

在古文中要注意的，是魏王說了兩次「**然則射可至此乎**」，但是這兩次的口吻和情緒並不一樣。當更嬴說他可以發空箭「射下」飛鳥時，魏王很懷疑，所以問：「射箭的技術可以達到這種程度嗎？」不過當大雁真的墜落了，魏王感到驚異，口吻也就不一樣。我們在閱讀的時候，一定要深入理解文章內容，才能正確的判斷人物的情感和語氣。

這篇古文最精采的，是最後更嬴分析他對大雁的觀察。作者用了許多排比句型，讀起來節奏感更好，更有條理，也更容易表達強烈的情感，十分精采。

閱讀素養題

下面的題目包含成語用法及故事理解，最後比較本課的兩篇故事，現在就來作答吧！

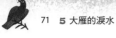

1 **【故事新編】**裡的成語「**奄奄一息**」，意思是：「僅存微弱的一口氣。形容生命或事物已到了最後時刻。」下列哪個句子的用法**正確**？

A 小明考試完後感到疲憊，奄奄一息的去休息。
B 車禍傷患被送到醫院時已經奄奄一息，最後宣告不治。
C 阿喬因為生病而奄奄一息的上學。
D 阿珍熬夜學習，每天都奄奄一息的讀書。

2 閱讀**【經典原文】**後，請問下列「下」字的用法，哪個和括號內的解釋搭配**錯誤**？

A 用拳頭向他身上擂了幾下。（下面）
B 上品無寒門，下品無世族。（身分微賤）
C 臣為王引弓虛發而下鳥。（落下）
D 情人眼裡容不下一粒沙子。（表示動作完成）

3 【**經典原文**】中更羸發揮了強大的觀察力，以下哪個**不是**他的觀察？

A 大雁慢飛，是因為舊傷沒有痊癒。

B 大雁墜落，是因為弓弦聲太嘈雜難聽。

C 大雁悲鳴，是因為脫離雁群太久。

D 大雁墜落，是因為想要飛走，引起舊傷復發。

4 比較【**故事新編**】與【**經典原文**】的故事內容，選出**正確**的（複選）：

A 【原文】的魏王對於更羸的能力，剛開始半信半疑，【新編】的魏王最後領悟到仁者無敵。

B 【新編】書寫大雁的孤單寂寞，【原文】描寫大雁的內心戲。

C 【原文】表現更羸強大的觀察力，【新編】表現更羸仁慈的處世智慧。

D 【新編】的大雁只是個不重要的角色，【原文】讓大雁成為主角，成功塑造形象。

參考答案

1↓B。2↓A。A選項：「下」是次數的意思。3↓B。4↓A、C。

6 蝙蝠的獨特之美

（據明朝馮夢龍《笑林廣記・譏刺部・譏人弄乖》改寫）

今天要說的，是關於蝙蝠「不禽不獸」的故事。

蝙蝠是唯一真正具有飛行能力的哺乳動物，在四肢和尾巴之間，覆蓋著薄而堅韌的翼膜，可以像鳥一樣飛行，牠們會發出超音波，利用回聲定位在空中探索獵物。

在下面的【故事新編】裡，我們將看到蝙蝠具有獨特的美麗。讓我們一起閱讀這篇有趣又奇特的故事！

故事新編

在「遠得要命」的古代，鳳凰是百鳥之王，居住在孽搖山，牠的羽毛燦爛多彩，**絢麗多姿**，翅膀寬大強壯，當牠翩翩起舞時，就好像一抹華麗的流動畫布。

今天是鳳凰的生日，所有的鳥兒都來朝拜祝賀，整個宴會啁啁啾啾的鳥叫聲不絕，熱鬧非凡！但是蝙蝠卻缺席了。鳳凰很不高興，過幾天見到蝙蝠，就責備牠說：「你在我的管轄底下，竟然這麼傲慢！怎麼可以缺席我的生日宴會？」

沒想到，蝙蝠舉起牠細細的右腳，說：「我有獸腳，屬於走獸類，沒必要向你祝賀。」鳳凰覺得蝙蝠太傲慢了，就想將牠踢出飛禽類。

過不久，另一個神獸麒麟也舉辦了壽宴。麒麟是百獸之王，居住在孽搖山南方的森林，牠全身上下都覆蓋著華麗的毛髮，如同絲綢一般，閃爍著金黃色彩和珍珠般的光澤。

但是，同樣的情況再次出現，走獸們都來慶賀，只有蝙蝠缺席。麒麟很不高興，於是召喚蝙蝠過來，指責牠說：「你太不尊重百獸之王的地位，竟敢缺席！」

蝙蝠卻展開牠薄薄的翅膀，說：「我有翅膀，屬於飛禽類，沒有必要向你祝賀。」麒麟也覺得蝙蝠太傲慢了，就想將牠踢出走獸類。

過了幾天，鳳凰和麒麟碰面，提起了蝙蝠的事，都覺得感嘆：「唉，神話世界的風氣太敗壞了，竟然有這種不是鳥類又不是獸類的存在，真讓人無可奈何！」按照很久以前神話世界的分類法，所有生物都有明確的歸屬，但是蝙蝠的存在，卻挑戰了這個傳統。

說著說著，鳳凰和麒麟盯著蝙蝠嘆氣的說：「看牠長得多醜啊！我們族裡怎麼能有這麼醜的生物？」在牠們眼裡，蝙蝠那身黑黑、皺皺的皮膚和稀疏的毛髮，實在不好看。

但是，蝙蝠一向不在乎別人的眼光，也不會感到難過。相反的，牠懂得自己的獨特之處，因為牠很清楚，自己同時具備了走獸和飛禽的特點。

經過思考，蝙蝠決定帶著鳳凰和麒麟前往海豚的聚集地參觀。這裡是「深得要命」的西海，有幾隻海豚在海中游泳。海豚是一種融合了魚類和哺乳類特徵的動物，牠們擁有魚鰭和哺乳行為，很會跳躍和潛水。鳳凰和麒麟也很想下水，感受海水的清涼，可惜只能**望洋興嘆**。

牠們看著海豚游泳，只見好幾隻海豚在水中翻滾，靈活的旋轉身體，展示發亮而光滑的皮膚。接著牠們扭動身體，忽然從水中躍起，**矯若遊龍**，猶如舞者在舞臺上展現華麗的舞姿。海豚彎曲身體，展現優美的弧度，在陽光下散發閃亮的光芒。

海豚們游向鳳凰和麒麟，用悅耳的聲音唱著歌。鳳凰和麒麟被這美妙的景象深深吸引了，感受到海豚身上，融合了魚類和哺乳類特徵的獨特之美。

蝙蝠微笑說道：「海豚是大自然創造的奇蹟，牠們融合了兩個不同物種的特色，擁有魚類的靈動和哺乳類的溫暖，這種獨特的結合，使海豚成為海洋的驕傲！」

蝙蝠的話，讓鳳凰和麒麟十分感動，忽然間，蝙蝠在牠們的眼中，轉換了另一種面貌：看那蝙蝠的翅膀如此精緻，展開時呈現的薄膜，像是一幅透明的畫作；牠的大眼睛閃爍著智慧的光芒，給人神祕而迷人的感覺；而牠纖細的四肢，也讓牠的體態更優雅。

鳳凰和麒麟終於理解到，正是因為生命的多樣性，才使得這個世界多采多姿，牠們終於懂得欣賞了！也開始喜愛蝙蝠的獨特之美，儘管，牠還是不容易被歸類。

經典原文：〈譏人弄乖〉

鳳凰壽①，百鳥朝賀②，唯蝙蝠不至。鳳責之曰③：「汝居吾下④，何倨傲乎⑤？」蝠曰：「吾有足，屬於獸，賀汝何以⑥？」一日，麒麟誕⑦，蝠亦不至，麟亦責之。蝠曰：「吾有翼，屬於禽，何以賀與⑧？」麟鳳相會，語及蝙蝠之事⑨，互相慨嘆曰⑩：「如今世上惡薄⑪，偏生此等不禽不獸之徒⑫，真個無奈他何⑬！」

鳳凰過生日，百鳥都來朝拜祝賀，只有蝙蝠沒來。鳳凰責備蝙蝠說：「你在我的管轄下，怎麼能這樣傲慢？」蝙蝠說：「我有獸腳，屬於走獸類，憑什麼要向你祝賀？」有一天，麒麟生日，蝙蝠也沒來，麒麟也責怪蝙蝠。蝙蝠說：「我有翅膀，屬於飛禽類，憑什麼要向你祝賀？」鳳凰和麒麟會面時，談到了蝙蝠的事，互相感慨嘆息說：「現在世上的風氣太壞了，偏偏有這種不禽不獸的動物，真是拿牠們沒有辦法！」

注釋

①鳳凰：傳說的百鳥之王。壽：生日。

②朝賀：向君王朝拜祝賀。

③責：責備。

④汝：你。吾：我。

⑤倨傲：傲慢不恭敬。倨，音巨。

⑥何以：何用。

⑦麒麟：傳說中的神獸。誕：生日。

⑧與：同「歟」，呢。

⑨語：談論。

⑩慨嘆：感慨嘆息。慨，音凱。

⑪惡薄：風氣惡劣。

⑫ 偏生：偏偏。此等：這種。
⑬ 無奈他何：不能把他怎樣。真個，又作「真乃」。

古文微素養

這篇〈讖人弄乖〉的原文，主要利用蝙蝠「不禽不獸」的特徵，諷刺那些沒有原則、左右逢源的人，譴責他們沒有明確的立場。在**【故事新編】**裡，我們則運用了「逆向思考」加以改寫，設想蝙蝠這種動物，原本被飛禽類和走獸類排擠，但是，抱著「非我族類」心態的鳳凰和麒麟，會不會在某天改變牠們的想法，開始能夠欣賞這種獨特之美呢？

古文的最後一句「**真個無奈他何**」的「個」字，又作「乃」字，在這裡當作「是」，「真個」就是「真是」。還有俗語說：「失敗**乃**成功之母。」《史記．高祖本紀》中說：「呂公女**乃**呂后也，生孝惠帝。」以及《水滸傳》第二十三回：「眾上戶道：『真**乃**英雄好漢！』」也都當作「是」的意思。

只要平常多多閱讀文言文的優秀作品，累積閱讀經驗，想要讀懂古文，一點都不困難！

閱讀素養題

下面的題目包含成語用法及故事理解，最後比較本課的兩篇故事，現在就來作答吧！

1 **【故事新編】**裡的成語「**望洋興嘆**」，意思是：「比喻因能力不足而感到無可奈何。」下列哪個選項的用法**正確**？

A 我望洋興嘆的在書店裡購買了一本小說。

B 海嘯掀起巨大的水牆滾滾而來，震懾人心，令人望洋興嘆。

C 在望洋興嘆中，我找到了一個令人興奮的水上活動。

D 我雖然想出海搭郵輪旅遊，但是存款不夠，只能望洋興嘆。

2 閱讀**【經典原文】**後，請問以下對故事的理解，哪一個**正確**？

A 蝙蝠自大傲慢，禽獸不如。

B 故事諷刺那些沒有原則和立場，想兩面討好的人。

C 生日宴會只是小事，蝙蝠沒必要一定要出席。

D 故事提醒身為領導者的人，應該要有寬大的心胸。

3 **【故事新編】**中以下對故事的理解，哪一個**正確**（複選）？

A 鳳凰和麒麟見識了海豚的美，才體會到蝙蝠的美。

B 鳳凰和麒麟有種族歧視，排擠「不禽不獸」的蝙蝠。

C 蝙蝠使用幻術，在鳳凰和麒麟面前變成美麗的模樣。

D 我們應該要學著欣賞與包容生命的多樣性。

4 比較**【故事新編】**與**【經典原文】**的故事內容，選出**正確**的（複選）：

A 【原文】蝙蝠受鳳凰管轄，【新編】的蝙蝠受麒麟管轄。

B 【新編】的蝙蝠充滿智慧，【原文】的蝙蝠傲慢自大。

C 【原文】意在諷刺蝙蝠左右逢源，【新編】強調只要改變心態，對事物的感受就會不同。

D 【新編】意在諷刺鳳凰和麒麟以貌取人的膚淺，【原文】強調蝙蝠應該忠於自己的物種。

參考答案

1→D。2→B。3→A、D。4→B、C。

7 愛爭吵的九頭鳥

（據明朝劉基《郁離子．卷下．九頭鳥》改寫）

今天要說的，是九頭鳥的九個頭彼此相爭的故事。

九頭鳥是傳說的神鳥，因為有九個頭，就被認為是不祥的象徵。很多神話都記載，九頭鳥原本有十個頭，其中一個頭被狗咬下，所以古人在祭典上就用狗來趕走九頭鳥。

在下面的【故事新編】裡，我們將看到九個頭互相爭食的經過。讓我們一起讀這篇奇妙的故事吧！

故事新編

這是個豔陽高照的午後，海鴨在東海邊專心的捕捉小魚，連海鳥沒禮貌的從牠頭上掠過，都不知道。牠的尾巴靜止不動，鎖定好目標，準備伸出脖子攻擊。另一隻海鴨來了，也想搶這條魚。海鴨精準的往對方的頭啄了一下，另一隻海鴨痛到抬不起頭來，只好游走了。

海鴨非常得意，這時，天色迅速變暗，烏雲滾滾的向前湧動。接著一陣大風吹來，狂暴的風勢高高的捲起海鴨，牠在空中旋轉，感到**頭暈目眩**，失去了平衡和方向。

風不斷的咆哮，海鴨被吹離了「深得要命」的東海，不知道在空中轉了多久，終於降落在孽搖山腳下的湖泊裡，牠疲憊不堪的躺在水面上，心中充滿了迷茫和不安。

這時候，海鴨看到了傳說中的神鳥——九頭鳥。

九頭鳥的羽毛，在陽光下發出赤色的閃光。牠有九個頭，每個頭的眼睛都盯著一隻飛過的小鳥。忽然，其中一個頭叼住了小鳥，另外八個頭立刻滴著口水，渴望**分一杯羹**。

互相爭奪的場面展開了，九個頭伸長了脖子相互纏鬥，呀呀亂叫。牠們的長嘴撕扯著獵物的羽毛，也啄向彼此。小鳥的羽毛夾雜著九頭鳥的紅色羽毛，四處亂飛，九個頭都受傷了，可是誰也吃不到食物，這景象讓海鴨驚訝極了！

海鴨忍不住「噗哧」一笑，對九頭鳥的九個頭說：「你們怎麼不想一想，九張嘴吃下的食物，還不是都歸到同一個肚子去了嗎？為什麼還這樣拚命的爭呢？」

孽搖山中的動物們紛紛過來圍觀。一隻老烏鴉慢慢飛到九頭鳥身旁，用沉穩的聲音說：「沒錯，看看前面那群蜜蜂，牠們都在同一朵花上忙碌著，每隻蜜蜂都知道，如果互相合作，就能帶回足夠的蜜糖。但如果彼此攻擊，只剩下少數的蜜蜂存活，是很難帶走所有食物的。」

九頭鳥的九個頭聽了，就暫停打鬥，其中一個頭的臉腫了，頭頂也禿了，氣喘吁吁的回應說：「你們知道什麼！我們共用同一個身體，已經很委屈了，現在食物只有一份，當然要努力的搶，最好其他的頭都鬥輸了，我才可以獨占一個身體呀！」

另一個頭也說：「對呀，而且森林的資源這麼有限，如果不快點搶吃的，就會餓肚子，一定要趁別的動物還沒來，就先吃掉啊！」說完，九個頭又繼續吵起來。

九頭鳥的話，讓其他動物緊張極了，大家開始搶奪食物，能吃的就吃，能帶回巢穴囤積的就帶回巢穴，不管食物放久了會腐爛。那些靠吃湖裡魚蝦維生的動物們，連魚寶寶、小幼蝦都不放過；而靠吃陸地生物的動物們，也不想放過幼小的其他生物。

幾天以後，孽搖山上的生態環境受到了嚴重破壞，資源迅速枯竭ㄐㄧㄝˊ，動物們無止境的爭鬥，讓這座山與湖泊呈現一片荒涼的景象。

「好餓啊……」海鴨哀號。面對食物短缺和動物們**貪婪無厭**的行為，海鴨被迫面臨困境，牠幾乎每天都要忍受飢餓的折磨，而湖裡的魚已經剩下不多了。

某天，突然又刮來一場大風，風再度捲起海鴨，高高的拋向空中。這次的風暴帶著更強烈的力量，海鴨雖然害怕，但是牠只能將自己交給命運，於是牠緊緊的閉上眼睛，盡力保持平衡。風暴持續著，最後，海鴨被吹回「深得要命」的東海邊。

風終於平息了，海鴨緩緩的降落在寧靜的海面上，感受著平靜的波濤，心中湧起一股喜悅。孽搖山的經歷宛如一場噩夢，從此以後，當牠遇到其他的海鴨來爭食，都會主動分享一半的食物給對方，這讓牠獲得了海鴨們的喜愛，不管到哪裡都深受歡迎。

在這裡生活，魚兒不必擔心魚寶寶被吃光，海鴨們也不必擔心缺少食物。海鴨滿意極了，牠抖抖身上的羽毛，心想：「這才是真正快樂的生活啊！」

經典原文：〈九頭鳥〉

蘗搖之墟有鳥焉①，一身而九頭，得食則八頭皆爭，呀然而相銜②，灑血飛毛，食不得入咽③，而九頭皆傷。海鳧觀而笑之曰④：「爾胡不思九口之食同歸於一腹乎⑤？爾奚其爭也⑥？」

蘗搖山的土堆上有一種鳥，牠一個身體卻長了九個頭，其中一個頭得到食物後，另外八個頭就去爭著吃，呀呀叫著互相爭啄，血濺毛飛的，吃到嘴裡也不能吞下去，而九個頭都受了傷。海鴨在一旁觀望，笑牠們說：「你們怎麼不想一想，九張嘴吃下的食物，還不是都歸到同一個肚子裡去了嗎？你們為什麼還這樣拚命的爭呢？」

注釋

①孽搖：虛構的山名。墟：音虛，大土堆。
②銜：啄。
③咽：音燕，吞嚥。
④海鳧：野鴨子，這裡指海鴨。鳧，音符。
⑤爾：你、你們。這裡指九個頭。胡：為什麼。
⑥奚：音溪，為什麼。

古文微素養

這篇〈九頭鳥〉的原文，藉著九頭鳥的九個頭互相爭食的故事，諷刺那些不顧全大局、自相殘殺的人，總有一天會自作自受、自食惡果。**【故事新編】**進一步思考這種心態可能導致的後果。在故事中，動物們拚命的掠奪食物，造成資源枯竭，有警世的意義。

這篇古文的虛詞很多，首先是「孽搖之墟有鳥焉」的「焉」，表示肯定的語氣。「呀然」的「然」，是「……的樣子」的意思，形容「呀呀叫的樣子」。「海鳧觀而笑之」的「之」，指「九頭鳥」，當作代名詞。「同歸於一腹乎」的「乎」，表示疑問的語氣，用法就像現在的「呢」、「嗎」。最後，「爾奚其爭也」的「奚」，也常在古文中見到，表示疑問的語氣。

了解虛詞代表的語氣以後，不妨投入情感將古文朗讀出來，對故事就有更深刻的體會。

閱讀素養題

下面的題目包含成語用法及故事理解，最後比較本課的兩篇故事，現在就來作答吧！

❶ 【**故事新編**】裡的成語「**貪婪無厭**」，意思是：「貪求無度而不滿足。」下列哪個句子的用法**正確**？

A 他節儉到一毛不拔，可說是貪婪無厭。

B 弟弟晚上吃飯沒吃飽，真是貪婪無厭！

C 她對知識極度渴求，可說是貪婪無厭的。

D 在政府機關服務，他很懂得貪婪無厭，一文不取。

❷ 【**經典原文**】中描述九頭鳥的九個頭「**呀然而相銜**」，下列解釋哪個**正確**？

A 九個頭驚訝得含著食物。

B 九個頭呀呀叫著感激彼此。

C 九個頭驚訝得互相啄對方。

D 九個頭呀呀叫著互相啄對方。

3 【**經典原文**】中主要蘊含的**寓意**是什麼？請選出**最符合**的選項：

A 與其冷眼旁觀，不如熱心參與，不該說風涼話。

B 諷刺不顧全大局、自相殘殺的人，總有一天會自食惡果。

C 搶同一件事物會傷了和氣，應該平均分配。

D 牙齒會咬到舌頭，兄弟姊妹哪有不吵架的道理。

4 【**故事新編**】中有些情節安排與【**經典原文**】**不同**，請選出**正確**的（複選）：

A 【新編】的海鴨體悟到「不爭」才能「共好」，【原文】的海鴨指出九頭鳥爭食的荒謬。

B 【新編】的老烏鴉只會說大道理，【原文】的老烏鴉能舉出例子勸九頭鳥。

C 【新編】的九頭鳥的九個頭都想獨占身體，【原文】的九個頭只想爭食。

D 【新編】強調貪婪會導致資源枯竭，【原文】強調貪婪會導致手足失和。

參考答案

1↓C。2↓D。3↓B。4↓A、C。

8 完美主義的燕雀

（據秦朝孔鮒《孔叢子・論勢・燕雀處屋》改寫）

今天要說的，是一隻燕雀找新家的故事。

燕雀的體形小，外形很像麻雀，多以植物的果實、種子當作食物，繁殖期以昆蟲哺育雛鳥。牠們常在樹上或地面上築巢，巢通常是碗狀的。

在下面的【故事新編】裡，我們將看到燕雀因為追求完美，導致不幸的經過。讓我們一起沉浸在故事的世界吧！

故事新編

燕雀在一棵大樹的樹枝上跳躍，小巧的腦袋左右張望著。牠的褐色羽毛在陽光的照耀下，呈現完美的藍色和綠色的光澤，色彩變幻，使牠在陽光下閃爍著美麗的光芒。就一隻鳥來說，牠是**完美無缺**、毫無瑕疵的。

這隻燕雀媽媽一直在尋找完美的築巢地點，牠堅持的程度，跟牠的朋友翠鳥媽媽一樣。燕雀媽媽飛過了許多地方，仔細的觀察每個可能的落腳處。起初，牠看中了一根堅實的樹枝，就在這棵大樹的樹冠上，從平穩度來看，巢可以穩穩的放在上面，不怕被風吹落。

不過，才幾秒鐘，燕雀媽媽又想：「這地方雖然看起來不錯，但是風雨來臨時，我們一家都會淋雨，我需要一個更舒適的地方！」

接著，燕雀媽媽飛向旁邊一戶人家的窗戶底下，只見窗戶被擦得乾乾淨淨的，底下也沒有什麼蜘蛛絲或是灰塵，讓愛乾淨的牠喜歡極了！

然而，燕雀媽媽又想：「雖然這裡很乾淨，但是太靠近人類了，小孩可能會打擾我的寶貝們。我需要一個不容易被干擾的地方。」牠嘆口氣，繞著房屋飛，繼續尋找更完美的地點。

燕雀媽媽最後在這戶人家的屋簷底下，靠近煙囪的地方，找到了新家的地點。牠**喜出望外**的叫著：「這裡看起來很不錯！安全又溫暖，不會有野獸來侵襲，也不會有小孩來打擾，又不會受到風吹雨打。這裡就是我們的新家了！」

於是，燕雀媽媽開始忙碌的收集各種材料，牠將這些材料一片片的組織在一起，巧妙的構建一個堅固而舒適的巢。這個巢的造型很像半個飯碗，上面的入口很寬敞，裡面鋪著柔軟的羽毛、乾草、細枝及細軟的雜屑。完工後，燕雀媽媽對新家感到滿意極了！

「啾啾啾！」這時，在巢中忙碌的燕雀媽媽，突然聽到了附近傳來一陣細小的啁啾聲。牠好奇的停下工作，朝發出聲音的地方飛去，打算看個究竟。原來在牠之前停留過的樹枝上，有一隻麻雀媽媽也在建造自己的巢，剛才的啾啾聲就是牠發出來的。

「嗨，妳好！我是燕雀，正在準備我的新家。」燕雀媽媽輕聲招呼。

麻雀媽媽回頭，微笑著說：「妳好！我是麻雀。我好不容易才找到一個適合的地方築巢。這棵樹看起來挺堅固的，而且很安全。」

燕雀媽媽搖搖頭，不以為然的說：「那裡雖然不錯，但是除了樹葉以外，就沒有遮蔽了，還要忍受風吹雨打。我要的是一個最完美的地方，不必吃苦，也不必擔心外界的威脅。」

麻雀媽媽聽了燕雀的話，就在樹枝上跳了兩下，側著頭說：「可是，難道妳不覺得，妳的新家太靠近煙囪嗎？如果燒起來……」

這時，一陣大風吹過，燕雀媽媽打了一個寒顫，牠先抖了幾下羽毛，試圖讓身體溫暖一點，然後說：「我明白妳的擔心，但是住在樹上真的好冷。」

往後，燕雀媽媽就跟牠的幼鳥們在新巢中快樂的生活。在白天，母鳥餵食幼鳥，和樂融融；到了晚上，就彼此靠在一起睡覺，藉著煙囪散發出來的暖氣取暖。

但是在一個寒冷的晚上，這戶人家灶上的煙囪壞了，排煙管道故障，火焰從煙囪中迅速冒了出來。火先是靜靜的燃燒，不久，殷紅的火苗不斷的向上冒竄(ㄘㄨㄢ)，伴隨輕微的劈啪聲，紅紅的火苗開始向旁邊移動，漸漸靠近燕雀的巢。

燕雀們卻還在巢中酣睡，不知道大禍將要臨頭。

樹上的麻雀媽媽被火光吵醒，眼看著那棟房屋的火勢**愈演愈烈**，火苗吞噬了整個屋頂，一切都太遲了。麻雀媽媽遺憾的說：「也許住在樹上並不完美，但至少，我們不會遇到火災。」

經典原文：〈燕雀處屋〉

燕雀處屋①，子母安哺②，呴呴焉其相樂也③，自以為安矣；灶突炎上④，棟宇將焚⑤，燕雀顏色不變⑥，不知禍之將及也。

燕雀築巢在人家的屋簷下，母鳥餵食小鳥，平日相安無事、和樂融融，自以為住在這裡是最安全、最可靠的了。有一天，灶上的煙囪壞了，火焰從煙囪冒出來，房屋就要燒掉了，一場災難已無法避免，燕雀們卻仍然面不改色，還不知道大禍快要臨頭了。

注釋

①燕雀：雀類。體型纖小，嘴圓錐形。處：居住。
②哺：餵食。
③煦煦：同「煦煦」，音許，溫和慈惠。
④灶突炎上：火焰從灶上的煙囪冒出。灶突：灶上的煙囪。
⑤棟宇：房屋的總稱。
⑥顏色：面容、臉色。

古文微素養

這篇〈燕雀處屋〉的原文，讓我們提醒自己：人無遠慮必有近憂，當我們處在安穩的狀態時，不要忘記想到可能發生的危難。【故事新編】就根據原文中的這句「**自以為安矣**」，為燕雀塑造了「完美主義」的個性，讓不幸的結局更有說服力。

我們也從原文中，感受到古文精鍊的魅力。古文的句子往往很簡約，挑不出任何一個多餘的字，內容敘述條理清晰，層次分明，表達上既不囉唆，也不會像繞口令。

比如在〈燕雀處屋〉中，光是「子母安哺」這句，只用一個「安」字，就讓我們的腦海中浮現母鳥餵食小鳥、和樂融融的畫面；而在描寫火災時，只用「灶突炎上」四個字，就很有畫面的感覺。

使用現代語言的我們，雖然可以將事物描寫得更細膩，卻也容易寫出多餘的贅字、贅詞，平常多讀古文，可以幫助我們將句子寫得更加凝鍊。

閱讀素養題

下面的題目包含成語用法及故事理解，最後比較本課的兩篇故事，現在就來作答吧！

1 **【故事新編】**裡的成語「**愈演愈烈**」，意思是：「事情的演變，愈來愈惡劣嚴重。」下列哪個句子的用法**正確**？

A 這場風暴愈演愈烈，帶來了更強烈的風力和陣雨。
B 我們的友誼愈演愈烈，愈來愈和諧。
C 我們的合作關係愈演愈烈，愈來愈緊密。
D 孩子們的得失心愈演愈烈，讓比賽更加精采好看。

2 **【經典原文】**的故事中提到「**燕雀顏色不變**」，下列解釋哪個**正確**？
A 燕雀並不會因為成年而改變毛色。
B 火災來臨，燕雀還是面不改色，不知道大禍臨頭。
C 燕雀的羽毛被火一烤，並沒有改變顏色。
D 燕雀的個性沉著穩重，雖然看見失火，仍然面不改色。

3 **【經典原文】**中主要的**寓意**是什麼？請選出**最符合**的選項：
A 燕雀選錯築巢的地點，告訴我們選擇時要考慮周詳。

B 世上不會有毫無風險的選擇。

C 處在安穩的狀態時，要想到可能發生的危難。

D 面對危機時，要沉著鎮定。

4 **【故事新編】**中主要的**寓意**是什麼？請選出**最符合**的選項：

A 最後的選擇，未必是最好的選擇。

B 追求完美，是自戀的表現。

C 要忠於自我，別人的提醒，往往是一種噪音。

D 過度完美主義，容易忽視客觀的現實。

參考答案

1↓A。2↓B。3↓C。4↓D。

9 扭轉命運的海鳥

（據戰國莊周《莊子・至樂・魯侯養鳥》改寫）

今天要說的，是一隻海鳥遭不當飼養的故事。

海鳥是一種能夠適應海洋氣候環境的鳥類，無論是生活習慣、生理條件，都跟其他的鳥類很不一樣，牠們能在海洋表面或水下覓食，也能進行長期的飛行。

在下面的【故事新編】裡，我們將看到海鳥被人供養，卻遭遇不幸的經過。讓我們一起閱讀這篇故事吧！

故事新編

從前，有一隻海鳥棲息在「遠得要命」的大魯國郊外，牠是一隻擁有白色羽毛、翅膀修長的海鳥，當牠展開翅膀時，長度可以達到令人驚嘆的距離。牠的眼睛**晶瑩剔透**，彷彿蘊含著大海的智慧，而牠在微風中舞動著翅膀時，更宛如一隻仙鶴。

海鳥是當地人心目中的守護者，被認為能帶來吉祥和平安。

有一天，魯侯在宮殿中閱讀古書，讀到了關於這隻海鳥的傳說，在自己的國土上有如此神聖的生物，他感到非常高興。於是，他決定帶著隨從前往海邊，尋找傳說中的海鳥。

終於在某個清晨，魯侯在海灘上看見那隻海鳥了！只見牠**逍遙自得**的站在沙灘上，凝視著遠方，似乎在向遠古的神靈致敬。魯侯慢慢的走向牠，牠的美麗和優雅深深吸引他。

海鳥見到魯侯，並沒有驚慌失措，反而微微張開翅膀，像在歡迎一位久別重逢的朋友。魯侯伸出手，輕輕撫摸海鳥柔軟的羽毛，就在那一刻，他湧現出想要占有海鳥的念頭。

於是，魯侯派人用自己的車子迎接海鳥，將牠安置在宗廟，對牠敬酒。為了取悅牠，他請人演奏《九韶》樂舞；想讓牠高興，還準備了牛、羊、豬等祭祀用的肉，當作牠的食物。但是海鳥眼睛發花、心情悲傷，不敢吃一塊肉，也不敢喝一杯酒，熬了三天就死了。

魯侯這才驚覺到，自己是用供養人的方式養鳥，不是用養鳥的方法養鳥。

魯侯**追悔不及**，他明白，雖然自己的作法是出於對海鳥的愛護和敬意，但並不適合海鳥的生存，他決定尋求魯國的智者——孔子的建議。

孔子微笑著問：「您為什麼要用供養人的方式，對待一隻海鳥呢？」

魯侯慚愧的說：「我希望能讓海鳥感受到我的善意和愛惜，卻沒有考慮到牠的本性和需求。」

孔子點了點頭，溫和的說：「生命自己有規律法則和自然秩序，我們應該尊重，而不是讓生命適應我們的方式。就像海鳥，牠需要在天空自由飛翔，而不是被關在宗廟之中。」

後來，傷心的魯侯每天都在宗廟裡徘徊，哀悼海鳥。這天，魯侯為海鳥上香後，輕輕的撫摸香爐，沒想到，香爐忽然發出一道青色的光，這道光，籠罩了魯侯的全身，接著一陣神祕的能量漩渦，開始環繞他和宗廟。魯侯心中一驚，他發現周邊的景物開始變幻，宗廟不見了，腳下換上金黃色的沙，竟然又回到他在東海邊遇到海鳥的那一天！

原來這尊古老的香爐，是一座「時光機器」。面對這突如其來的機會，魯侯決定改變之前對待海鳥的方式，儘管海鳥是那麼美，他還是決定遵循牠的習性，讓牠繼續在海邊生活。

所以，魯侯只是雙手放在背後，遠遠的欣賞海鳥。風輕輕吹過，只見海鳥展開翅膀，伸長了優美的頸子，**搖搖擺擺**的在沙灘上踱步，走了兩、三步以後，就往天空飛去了。

魯侯輕聲的說：「海鳥啊！你原本就生活在天地間，我怎能自私的帶走你呢？」忽然，能量漩渦再次出現，海灘不見了，天空不見了，魯侯又回到原來的時空，回到了宗廟。

那段海鳥在宗廟裡不吃不喝、熬過了整整三天才死去的慘狀，就此從歷史中消失了。後來，魯侯經常帶著兩名隨從到海邊漫步，仰頭望著天空，欣賞海鳥飛翔。只見海鳥展翅高飛，在海面上逍遙自在的覓食，看起來多麼開朗和健康！魯侯知道，他已經扭轉了海鳥的命運，此時此刻，他的心中充滿了喜悅。他終於明白：愛是自由，不是占有，尊重大自然的規律，是人類與萬物共生共存的智慧。

經典原文：〈魯侯養鳥〉

昔者海鳥止於魯郊①，魯侯御而觴之於廟②。奏《九韶》以為樂③，具太牢以為膳④。鳥乃眩視憂悲⑤，不敢食一臠⑥，不敢飲一杯，三日而死。此以己養養鳥也⑦，非以鳥養養鳥也⑧。

從前，有一隻海鳥棲息在魯國的郊外，魯侯派人用車子迎接牠，並且安置在宗廟裡對牠敬酒，演奏《九韶》想讓牠高興，還準備了牛、羊、豬三牲作為牠的食物。海鳥卻眼睛發花，心情悲傷，不敢吃一塊肉，也不敢喝一杯酒，三天後就死了。這是因為魯侯用供養自己的方法養鳥，不是用養鳥的方式養鳥。

注釋

①昔者：從前。止：棲息。魯郊：魯國的郊外。
②御：駕車迎接。觴：音商，敬酒。
③九韶：古代著名的樂舞。韶，音勺。樂：高興。
④太牢：古代祭祀，牛、羊、豬三牲俱備叫作太牢。膳：進獻飯食。
⑤眩視：眼睛發花。
⑥一臠：一塊肉。臠，音巒。
⑦己養：供養自己的方法。
⑧鳥養：餵養鳥的方法。

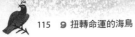

古文微素養

莊子藉著這篇〈魯侯養鳥〉的故事，提醒我們「無為」和「不妄為」的重要。也就是說，萬物有它的自然規律，我們應該順應自然，不要用外力介入，就像那隻海鳥，我們只要遵循海鳥的習性，讓牠回歸自然，就不會導致牠的死亡。**【故事新編】**給了魯侯一個改過的機會，利用一座時光機器，讓魯侯有機會回到過去，用正確的方法對待海鳥。

另外，閱讀古文的好處之一，就是讓我們有機會認識古代的文化，增加文史知識，比如在這個故事裡，提到了「《九韶》」和「太牢」。《九韶》就是《大韶》，是舜時代的禮儀舞蹈，傳說是樂師「夔（ㄎㄨㄟˊ）」所作。古人將舞蹈、詩歌搭配音樂，在宗廟祭祀時演出。

再來認識什麼是太牢和少牢。太牢，指古代祭祀天地，以牛、羊、豬三牲俱備叫作太牢，表示尊崇的意思；清代以後指牛肉、羊肉、豬肉，只有天子能使用。「少牢」只用羊肉、豬肉祭祀，是諸侯國使用的。讀故事，學文化，是不是很有趣呢？

閱讀素養題

下面的題目包含成語用法及故事理解，最後比較本課的兩篇故事，現在就來作答吧！

1 【故事新編】裡的成語「**追悔不及**」，意思是：「悔恨過去的事，卻已無法挽回了。」下列哪個句子的用法**正確**？

A 阿香晚了五分鐘出門，來不及追公車，追悔不及。

B 小榕捐錢給勵馨基金會，後來覺得捐得太少，追悔不及。

C 阿豪熱愛閱讀，只恨自己不能整天讀書，追悔不及。

D 文文對女友說出了不該說的話，現在分手了，追悔不及。

2 **【經典原文】**的故事中，提到「**非以鳥養養鳥也**」，下列解釋哪個**正確**？

A 不是用養鳥的方法養鳥。

B 不是以過去養鳥的經驗來養鳥。

C 不是用供養自己的方法養鳥。

D 不是為了養鳥而養鳥。

3 **【經典原文】**中主要的寓意是什麼？請選出**最符合**的選項：

A 不該因為我們的自私，而犧牲弱小動物的生命。

B 流浪動物很可憐，我們應該帶回家飼養。

C 萬物有它的自然規律，我們應該順應自然。

D 飼養動物以前，應該先去了解飼養的方法。

4 **【故事新編】**中主要的**寓意**是什麼？請選出**符合**的選項（複選）：

A 唯有時光倒流，才能導正過去的錯誤。

B 愛是自由，而不是占有。

C 不該因為我們的自私，而犧牲弱小動物的生命。

D 尊重大自然的規律，是人類與萬物共生共存的智慧。

參考答案

1↓D。2↓A。3↓C。4↓B、D。

10 莊子變形記

（據戰國莊周《莊子・齊物論・莊周夢蝶》改寫）

今天要說的，是莊子化身為蝴蝶的故事。

蝴蝶是一種常在日間飛行的昆蟲，胸部有兩對翅膀，頭上有觸角。蝴蝶擁有三百六十度的視野，能夠分辨紫外光及偏振光，看到人類看不見的顏色。

在下面的【故事新編】裡，我們將看到莊子變成蝴蝶，經歷一番冒險的經過。讓我們一起進入故事的世界吧！

故事新編

莊子做了一個夢，他發現自己站在一扇陌生的門前面。他感到不安，於是輕輕的推開門，一股神祕的白光力量瞬間牽引著他，將他帶進了門裡。當白光消逝以後，他驚訝的發現，自己正置身在一個充滿飛行船和高大樓房的城市中，這裡比他原來的城市更大。

原來莊子穿越了時空，到達了未來的「奇獸幻域世界」。

在這城市的中央，有一座巨大的噴水池，水柱噴向天空，在太陽下閃閃發亮。噴泉的周圍種植了幾朵會發光的花，綻放出**五彩繽紛**的光芒。旁邊有一棵大樹，莊子發現這棵樹居然會發出聲音，當他靠近時，葉子就會發出窸窸窣窣的聲響，好像在對他說話。

莊子想舉手回應，卻驚覺自己失去了雙手，而胸前多出了兩對美麗的翅膀。他往水池邊移動，想看看自己的倒影。一看之下，大吃一驚，他發現自己竟然變成了一隻美麗的蝴蝶。不過蝴蝶無法像人類那樣思考，只能透過眼睛和頭上的觸角感受外在世界。

於是蝴蝶開始探索這世界，牠飛進那片發光的花叢裡。忽然，有一個女孩拿著捕撈網，在後面追趕著牠，**來勢洶洶**。蝴蝶趕緊飛到樹葉間躲藏，樹木卻搖得很厲害，葉子還發出尖叫聲，害牠掉落在地上，原來有人搖晃樹幹，想抓蝴蝶。接著一群小孩跑過來，差點就踩死牠。

「人類真是危險極了！」蝴蝶驚慌的想。

晚上，蝴蝶結束了被小孩追捕的一天後，疲累的躺在發光的花上面睡著了，還做了個夢。在夢中，牠遇到一個穿著奇特的陌生男人，他的頭髮是黑色的，鬍子卻有點花白，笑瞇瞇的自稱「莊子」。不知怎麼回事，夢裡的蝴蝶能聽懂人類的話，還跟莊子進行了對話。

蝴蝶說：「莊子先生，您是誰？怎麼到這個世界的？」

莊子說：「我是哲學家，我就是你，我從夢中穿越到這個世界。小蝴蝶，『物我合一』是存在的，像我變成了你，就是最好的證明。」

蝴蝶驚訝的拍擊翅膀：「你就是我？物我合一？這是什麼意思？」

莊子說：「『物我合一』就是萬物都是一體，而不是孤立的存在。每個人都是天地萬物的一部分，我們與大自然相互依存，和諧相處。」

蝴蝶歪著頭問：「那人類該怎麼與自然和諧相處呢？」

莊子說：「我們要學會尊重大自然，減少對環境的破壞，努力保護一花、一草、每一種生物。我們也應該學會向自然學習，從中尋找靈感和智慧。」

蝴蝶問：「所以這些道理，是你變成了我以後，才領悟到的嗎？」

莊子正要回答「是」，忽然一陣吸力牽引著他，通過了那扇門……

夢醒了，莊子又恢復原來的樣子，回到了現實世界。這個奇妙的經歷，讓他有點搞不清楚，自己究竟是莊子，還是蝴蝶。不過，莊子領悟到一個重要的道理：**人生如夢**，一切皆有可能。同時，只要我們學會尊重自然，與自然和諧相處，就能為世界創造無限的可能。

經典原文：〈莊周夢蝶〉

昔者莊周夢為胡蝶①，栩栩然胡蝶也②，自喻適志與③！不知周也。俄然覺④，則蘧蘧然周也⑤。不知周之夢為胡蝶與，胡蝶之夢為周與？周與胡蝶，則必有分矣。此之謂物化⑥。

莊周曾經夢見自己變成蝴蝶，很生動的一隻蝴蝶，他感到很愉快和愜意啊！不知道自己原本是莊周。突然間醒過來，驚慌之間才知道原來自己是莊周。不知是莊周在夢中變成蝴蝶呢？還是蝴蝶在夢中變成莊周呢？莊周與蝴蝶一定是有分別的。這就叫作物化。

注釋

① 莊周：莊子名周。胡蝶：同「蝴蝶」。

② 栩栩：音許，形容生動可喜的樣子。

③ 喻：知道、明白。適志：舒適快樂。與：音於，感嘆的語氣，同「歟」。以下都是。

④ 俄然：突然。俄：音鵝。

⑤ 蘧蘧：音渠，驚動的樣子。

⑥ 物化：物我界限之消解，萬物融合為一。這裡指在夢裡，物、我的界限消解，蝴蝶與莊周融合為一。

古文微素養

這篇〈莊周夢蝶〉的原文，敘述莊子夢見自己變成蝴蝶，醒來後分不清現實與虛幻，體悟到人與萬物（蝴蝶）的融合、共存。而在**【故事新編】**中，則讓莊子穿越到未來世界，化身為蝴蝶，經歷一番躲避人類追殺的過程之後，體悟到人與自然應有的關係。

古文雖然篇幅短小，我們卻可以從中學到不少閱讀古文的技巧。有些詞語為了翻譯得更自然，可以有點變動。比如說「**昔者**莊周夢為胡蝶」，「昔者」是往日、從前的意思，但是在翻譯時，如果想讓句子更自然，就可以理解為「曾經」，寫成「莊子**曾經**夢見自己變成蝴蝶」。不過要注意的是，「**從前**，莊子夢見自己變成蝴蝶」也不能說不對，只是沒有那麼自然。

接著，要學的是虛詞「也」的用法。「也」放在句子的最後，表示判斷或肯定的語氣，也可以表示疑問或感嘆的語氣。在這篇文章中，「栩栩然胡蝶**也**」、「不知周**也**」、「則蘧蘧然周**也**」，都不是疑問或感嘆的語氣，而是肯定的語氣，只要讀熟了，就可以從文意判斷。

閱讀素養題

下面的題目包含成語用法及故事理解，最後比較本課的兩篇故事，現在就來作答吧！

1 **【故事新編】**裡的成語「**來勢洶洶**」，意思是：「形容事物或動作到來的氣勢盛大。」下列哪個句子的用法**正確**？

A 昨天我看到了一個來勢洶洶的美女。

B 從比賽前的熱身賽可以看出，這支球隊來勢洶洶，實力令人擔心。

C 明天會有一場來勢洶洶的風暴，襲擊我們的城市。

D 爺爺說起他當年參加抗戰的經歷時，來勢洶洶的氣勢令人佩服。

2 **【經典原文】**中，「俄然覺」的「**俄然**」是「突然」的意思，下列哪個選項的「俄然」用法**相同**？

A 富貴榮華，俄然成空。（俗語）

B 吾嘗終日而思矣，不如俄然之所學也。（《荀子・勸學》）

C 不能為性命忍俄然邪！（《晉書》）

D 舳艫千里，星奔電邁，俄然行至。（《三國志》）

3 **【經典原文】**中所蘊含的**寓意**是什麼？請選出**錯誤**的：

A 人在作夢的時候，可以突破限制，化身為任何形體。
B 人不可能確切地區分真實和虛幻。
C 莊周是莊周，蝴蝶是蝴蝶，兩者是不相同的。
D 人的感覺並不可靠，我們可能感覺到的是像夢一樣的假象。

4 比較**【故事新編】**與**【經典原文】**的故事，以下那個選項是**正確**的：
A 【新編】的莊子穿越到未來世界，【原文】的莊子穿越到蝴蝶的世界。
B 【新編】的莊子和蝴蝶是兩個個體，【原文】的莊子跟蝴蝶無法區別。
C 【新編】強調人與大自然的關係，【原文】強調人不可能確切的區分真實和虛幻。
D 【新編】的蝴蝶經歷了危險，【原文】的蝴蝶探索新世界。

參考答案

1↓B。2↓D。3↓A。4↓C。

11 機智的狐狸

（據《戰國策・楚策一・狐假虎威》改寫）

今天要說的，是一隻狐狸脫困的故事。

狐狸是雜食性動物，容易飼養，毛髮長，耳朵尖，腿相對較短，很像體型中等而尾巴蓬鬆的狗。牠們的毛髮通常有橙、咖啡、灰、白等色，對伴侶十分忠誠。

在下面的【故事新編】裡，我們將看到狐狸用智謀擺脫老虎的經過。讓我們一起讀這篇奇妙的故事吧！

故事新編

大明國附近的森林深處，一頭老虎正在尋找獵物，渴望用牠銳利的牙齒來滿足食欲。然而，今天的狩獵並不順利，動物們似乎已經察覺到老虎的存在，紛紛**抱頭鼠竄**，躲藏起來。

就在老虎苦苦搜尋的時候，一隻狐狸的身影快速掠過，顯然也想逃跑。但是老虎一下子就追上牠，將牠撲倒。奇怪的是，狐狸卻一點都沒有害怕的樣子。

老虎覺得疑惑，問狐狸：「你為什麼不怕我？」

狐狸笑著說：「因為我奉了天帝之命掌管百獸，如果您違背天帝，就可能招來神怒喔！」

老虎的嘴角露出嘲諷的笑意：「奉了天帝的旨意？在這片森林裡，只有我才是百獸之王！」

狐狸說：「那您可以試試，我在您前面走，您跟在我後面，看看野獸們見到我，會不會逃跑？」老虎對狐狸的自信感到好奇，便答應了這個請求。

於是，狐狸走在前面，老虎跟在後面。牠們穿越茂密的樹林，來到一片草地，那裡有許多羚羊正在吃草。狐狸走過去，羚羊們紛紛抬頭警覺的看著牠們，然後迅速逃跑了。

老虎看到這一幕，不由得心生敬畏，卻還是想找些理由掩飾，牠說：「這些羚羊可能只是剛好要去別處吃草而已。」

狐狸笑了笑，說：「您可以繼續看下去。」

不久，牠們又來到了一處溪流，溪水清澈、甘甜，有幾隻麋鹿正低著頭喝水。當麋鹿們看到牠們的時候，也是驚恐的四散奔逃。

老虎的心開始動搖，牠問狐狸：「難道這些動物真的怕你？」

狐狸**得意洋洋**的說：「當然！這裡的每一隻動物，都知道是誰掌管了森林。」

這下子，老虎有些相信了，但還是有點不甘心的說：「也許只是因為你的外表和聲音嚇到了牠們罷了。」狐狸笑而不答。

老虎對狐狸愈來愈信服，牠開始認為狐狸有著**不同凡響**的身分。不過，機智的狐狸很清楚這個局面不會維持太久，為了脫困，牠必須抓住時機。

到了傍晚，天色昏暗下來，視線變得不太清楚。狐狸突然停下腳步，一副警覺的樣子，瞪大了眼睛看向前方。老虎問：「怎麼了？發生什麼事？」

狐狸低聲說：「前方似乎有一群猛獸，朝著我們走來。您不用擔心，只要跟著我，牠們絕對不敢侵犯您。」

老虎緊張的看著前方，也看到幾個巨大的黑影正在逐漸接近。這些猛獸看起來相當魁梧，讓老虎很害怕。狐狸說：「您看，牠們感受到我的氣息，退後了。」果然那些黑影逐漸消失，更增加了老虎對狐狸的敬畏。於是老虎匍匐在地，對狐狸恭敬的說：「狐狸大人，您真厲害！連這些猛獸都對您如此敬畏，請原諒我之前的愚蠢行為。」

狐狸露出笑容，牠知道現在是時候了，牠趁著老虎拜倒在自己的權威時，悄悄向後退去，逐漸拉大與老虎之間的距離。

「很好，」狐狸**鄭重其事**的說：「現在，你就是我的部下了，我會保護你，但你要知道，效忠我也需要付出代價，你要為我捕獵食物，聽從我的指令！」老虎欣然答應。

狐狸漸行漸遠，等確定自己離得夠遠，就突然轉身，一路狂奔，化作一道疾風，從老虎的視線中消失了。牠心裡偷笑：「傻蛋！那些黑影只不過是一群小松鼠的影子罷了！」狐狸就這樣靠著狡猾的手法和假象，成功的愚弄了老虎。

老虎抬起頭來，目瞪口呆，一時無法相信眼前的一切，牠沮喪的站起來，心灰意冷的繼續尋找下一頓食物。從此以後，老虎再也沒有見過那隻狐狸。

這場如幻影般的遭遇，讓老虎感到慚愧極了，牠喃喃的說：「不可迷信權威啊！」牠終於明白，自己的盲目是如何逆轉情勢，讓牠成為狐狸的「獵物」。

經典原文：〈狐假虎威〉

虎求百獸而食之①，得狐。狐曰：「子無敢食我也②，天帝使我長百獸③，今子食我，是逆天帝命也④。子以我為不信⑤，吾為子先行⑥，子隨吾後，觀百獸之見我而敢不走乎⑦？」虎以為然⑧，故遂與之行⑨；獸見之，皆走。虎不知獸畏己而走也⑩，以為畏狐也。

老虎尋找各種野獸，想吃掉牠們，結果抓到一隻狐狸。狐狸說：「您是不敢吃我的，天帝命令我掌管百獸，現在您要是吃掉我，就是違背天帝的旨意。如果您認為我的話不可信，我在您前面走，您跟在我後面，看各種野獸見到我，敢不逃跑嗎？」老虎認為狐狸的話有道理，就跟牠一起走，野獸們看見老虎，都逃跑了。老虎不知道野獸們是害怕自己而逃跑，還以為牠們是害怕狐狸呢！

注釋

① 求：尋找。百獸：各種獸類。
② 子：您。無敢：不敢。
③ 長：同「掌」，掌管。
④ 逆：違背。

⑤不信：不可信。
⑥吾：我。
⑦走：逃跑。
⑧然：贊同。
⑨遂：音歲，就。
⑩畏：害怕。

古文微素養

〈狐假虎威〉是一篇敘述「弱小戰勝強大」的故事。面對凶悍的老虎，狐狸處變不驚，充分發揮機智，讓自己的氣勢壓過老虎，從虎口下逃生。但是反過來看，故事也藉著狐狸假借虎威，諷刺那種狗仗人勢、作威作福的人，反映出世態人情。**【故事新編】**則是讓這個故事的細節變得更豐富，詳細的描述狐狸如何假借虎威，最後又是如何脫困。

在古文中，狐狸的那番話出現了五個「子」字。子，在古代是對男子的美稱，也是一種尊稱，在現代語言則是「您」的意思。狐狸對老虎說了那麼多次的「您」，目的是先討好老虎，讓老虎對牠卸下防備，產生好感，牠才能找機會脫困。閱讀古文時，像這樣找出有趣的地方，可以讓我們對古文的理解、對人物的認識更加深刻。

閱讀素養題

下面的題目包含成語用法及故事理解，最後比較本課的兩篇故事，現在就來作答吧！

1 **【故事新編】**裡的成語「**鄭重其事**」，意思是：「處理事物的態度嚴肅認真。」下列哪個句子的用法**正確**？

A 外交官鄭重其事的拿出一封親筆信，交給某國大使。

B 他鄭重其事的抖著腳，一副滿不在乎的樣子。

C 為人處世千萬不要鄭重其事，以免挑剔苛刻。

D 她在舞台上鄭重其事的表演搞笑劇。

2 **【經典原文】**的故事中，狐狸說：「**天帝使我長百獸**」，下列解釋哪個**正確**？

A 天帝派我孕育百獸。

B 天帝命令我增長百獸的數量。

C 天帝派我丈量百獸的尺寸。

D 天帝命令我掌管百獸。

3 **【經典原文】**中主要的**寓意**是什麼？請選出**最符合**的選項（複選）：

A 面對威脅的時候，先討好對方是致勝之道。
B 諷刺有些人憑藉有權者的威勢，恐嚇他人、作威作福。
C 面對狡猾的對象，不要輕易的相信對方。
D 只要運用機智、懂得應變，弱小也能戰勝強大。

4 讀完【**故事新編**】後，請選出下列你**認同**的選項（無標準答案）：
A 可以藉著有權勢的人來拉抬自己，提高自身的地位。
B 面對來勢洶洶的對手，可先討好對方，使他卸下心防。
C 兵不厭詐，面對敵人時，不排斥以欺詐的手段取勝。
D 盲目的迷信權威，容易使自己受到欺騙與操縱。

參考答案

1↓A。2↓D。3↓B、D。4↓請填寫答案＿＿＿＿＿。

12 僵持不下的鷸鳥與河蚌

（據《戰國策・燕策二・鷸蚌相爭》改寫）

今天要說的，是關於鷸鳥、河蚌發生爭執的故事。

鷸是一種鳥類，牠們的嘴和腳很修長，羽毛多為灰、褐等色，常涉水捕食小魚、貝類及昆蟲。蚌的身體柔軟，有殼，大的長達八、九寸，能產珠，也稱為河蚌、蛤蜊。

在下面的【故事新編】裡，我們將看到鷸、蚌兩敗俱傷的經過。讓我們來讀這篇發人深省的故事！

故事新編

在那個美麗的下午，中央河的河邊景色格外迷人，水面清澈見底，微風輕輕拂著水面，泛起一道道漣漪。河灘上的細沙白淨柔軟，散發著淡淡的陽光香氣。有一隻河蚌正舒服的躺在沙灘上，感受溫暖的陽光，牠的兩片蚌殼微微張開，讓陽光灑進殼裡，為身體帶來溫暖。河蚌閉上眼睛，沉浸在自然的懷抱中。

就在河蚌享受日光浴的時候，一隻鷸鳥翩然飛過，牠展開翅膀，以滑翔的姿態低低的掠過水面。突然間，牠發現河蚌悠閒晒太陽的模樣，肚子就餓了起來。

於是，鷸鳥悄悄的往河蚌的方向飛去，並輕輕降落在河蚌附近。牠的眼睛瞇起來，專注的盯著河蚌殼裡的肉，然後**迫不及待**的靠近河蚌，伸出又長又尖的嘴巴，打算啄食蚌肉。

河蚌對於周遭的情況也很敏感，牠立刻感受到危險，當鷸鳥的嘴巴接觸到牠的肉時，牠迅速反應，飛快的合上蚌殼，夾住了鷸鳥的長嘴。

突然被夾住嘴巴的鷸鳥，非常驚慌，也有點懊悔，但這時已經來不及了。牠左右擺動頭部，掙扎著想要甩開河蚌，但是蚌殼夾得很牢固，讓牠無法擺脫。

就這樣，鷸鳥和河蚌陷入了僵局，牠們各自用力搏鬥了一會兒，僵持著。最後是鷸鳥打破了沉默，從喉嚨勉強發出聲音，對河蚌說：「你如果不張開殼，今天不下雨，明天也不下雨，你就會被晒死在這裡，我看你能『嘴硬』到什麼時候！」

河蚌聽了，有點害怕，牠把蚌肉縮得更裡面了，卻也**不甘示弱**的對鷸鳥說：「我今天不放你，明天也不放你，你的嘴巴抽不出來，就會在這裡餓死！」顯然，鷸鳥和河蚌誰也不肯讓誰，時間久了，牠們倆都累得筋疲力盡。

鷸鳥與河蚌在河灘上拉扯許久，時光就在這種相持中悄然流逝。太陽漸漸西沉，天空的色彩變得更加美麗，橘紅色的夕陽映照著河水和沙灘，將一切都染上了金黃色。

然而隨著時間的推移，鷸鳥和河蚌的體力逐漸消耗殆盡。牠們的力氣不如之前了，卻依然固執的纏鬥著，**僵持不下**，沒有誰願意先提出和平的要求。

不知道過了多久，有一位漁夫不經意的走過河灘。漁夫的腳步輕快，手拿撒網的竹竿，看似**歷經風霜**的臉上洋溢著笑容。當他走近河蚌和鷸鳥時，驚奇的發現這個罕見的景象。

漁夫便蹲下來，將斗笠放在一旁，仔細的觀察鷸鳥和河蚌之間的爭鬥，然後忍不住大笑，說：「你們先聽我說幾句話吧！我看到你們在這裡為食物爭吵，但其實僵持下去，會兩敗俱傷的。不如放下你們的爭執吧！河蚌，先釋放鷸鳥的嘴巴，讓牠自由；鷸鳥，也請你打消吃掉蚌肉的念頭，去找別的食物。相信我，這樣做，對你們都有好處。」

鷸鳥跟河蚌聽了，都有點心動，因為牠們實在是累極了。鷸鳥就對河蚌說：「你先放開你的殼，我不會吃掉你的。」可是河蚌說：「誰知道你是真心，還是假意？不然你先發誓！」鷸鳥說：「我發誓不吃你。」河蚌說：「誰能證明你會實現誓言呢？」

這兩隻動物，誰也不肯先妥協，誰也不肯相信誰，又繼續僵持下去。

於是，漁夫靜靜的靠近河蚌和鷸鳥，突然伸手撒網，一把抓住牠們。牠們在漁網裡掙扎片刻，就靜止不動了，因為整個下午的拉扯，早就讓牠們失去體力。

漁夫笑著將鷸鳥和河蚌放在籃子裡。他知道，這麼美好的一天，不應該因為爭鬥而被破壞。漁夫笑說：「我已經勸過你們了，可是你們啊，既不聽勸告，也不相信對方，最後就是**兩敗俱傷**，成為我的獵物啦！」說完，漁夫就背起了籃子，離開了河灘。

夕陽西下，漁夫的身影**漸行漸遠**，直到消失在美麗的夕陽中。

經典原文：〈鷸蚌相爭〉

蚌方出曝①，而鷸啄其肉，蚌合而鉗其喙②。鷸曰：「今日不雨，明日不雨，即有死蚌！」蚌亦謂鷸曰③：「今日不出④，明日不出，即有死鷸！」兩者不肯相舍⑤，漁者得而并禽之⑥。

一隻河蚌正出來晒太陽，一隻鷸就飛來啄牠的肉，河蚌馬上闔攏夾住了鷸的嘴。鷸說：「今天不下雨，明天不下雨，你就乾死了。」蚌也對鷸說：「我今天不放開，明天不放開，你就餓死了。」兩個誰也不放過誰，結果一個漁夫就把牠們倆一起捉走了。

注釋

①方：正、才。曝：音瀑，晒太陽。
②鉗：音錢，夾住。喙：音會，鳥嘴。
③謂：告訴。
④出：這裡指蚌殼夾住鷸嘴，不放它出來。
⑤舍：音捨，捨棄。
⑥并禽：一起抓住。

古文微素養

〈鷸蚌相爭〉是一篇經典的寓言故事，藉著鷸、蚌的爭執，告訴我們：兩相爭執一定會兩敗俱傷，形成第三者（漁夫）獲利的局面。在很多的組織、團體裡面，最怕的就是成員彼此攻擊，不斷「內耗」，得利的就是外部的敵人了。**【故事新編】**則是讓故事的細節變得更豐富，多了一些場景的描述和精心設計的對話，讓角色的形象更加鮮明。

原文用了排比修辭，比如：「**今日不雨，明日不雨，即有死蚌！**」以及「**今日不出，明日不出，即有死鷸！**」排比修辭的特性，是將相同或相似的句型接二連三的使用，閱讀的時候，會產生特別的韻律感，所以強調文字精簡、重視韻律感的文言文，經常使用排比。

排比句由於句子的長度、結構相近，因此閱讀起來，具有節奏感、條理分明的優點。排比也特別適合用在表達強烈的感情時使用，你不妨在寫作時試試看。

閱讀素養題

下面的題目包含成語用法及故事理解，最後比較本課的兩篇故事，現在就來作答吧！

1 **【故事新編】**裡的成語「**僵持不下**」，意思是：「雙方堅持己見、立場，僵滯而沒有進展。」下列哪個句子的用法**正確**？

A 小華在書桌前讀書久了，脖子跟肩膀僵持不下，很不舒服。
B 老師說：「你們要好好溝通，不可各執己見，僵持不下。」
C 班長跟風紀股長討論班務，僵持不下，很快就達成共識。
D 服務生手上拿著許多碗盤，僵硬的手快要拿不住了，僵持不下。

2 **【經典原文】**的故事開頭說：「**蚌方出曝**」，下列解釋哪個**正確**？

A 河蚌出來在這地方晒太陽。
B 河蚌正將身體暴露在太陽下。
C 河蚌正出來晒太陽。
D 河蚌的真實身分曝光了。

3 【**經典原文**】中主要的**寓意**是什麼？請選出**最符合**的選項：

A 我們在捕獵時，一定要先想到後果。

B 居安思危，我們應隨時提高警覺、防備敵人。

C 隔山觀虎鬥，然後趁虛而入，才是獲勝的方法。

D 兩相爭執一定兩敗俱傷，讓第三者獲利。

4 讀完【**故事新編**】後，請選出下列你**不認同**的選項（無標準答案）：

A 鷸鳥應該先用腳爪扳開蚌殼，再以嘴巴啄食蚌肉。

B 河蚌在晒日光浴時，應該提高警覺。

C 漁夫不應該趁人之危，坐收漁翁之利。

D 面對善意的勸告，我們應該聆聽，並且正確的判斷。

參考答案

1↓B。2↓C。3↓D。4↓請填寫你的答案＿＿＿＿。

13 得意洋洋的墨魚

（據宋朝林昉《田間書·雜言·墨魚自蔽》改寫）

今天要說的，是關於墨魚得意忘形的故事。

墨魚，又稱烏賊，牠的名稱雖然有「魚」字，但不是魚類，而是軟體動物，腹部有墨汁，遇到敵人就會噴發。墨魚智商高，皮膚能根據環境變色，精密程度勝過變色龍。

在下面的【故事新編】裡，我們將看到墨魚遭捕捉，又被放生的經過。讓我們來讀這篇有趣的故事！

故事新編

在風平浪靜的東海海域中，一隻名叫洋洋的墨魚**悠然自得**的游著。

洋洋是一隻相當自負而且聰明的墨魚，牠總是以自己又黑又濃的墨汁為榮。每當有體型比較大的魚類靠近，洋洋便會自豪的施展噴墨技巧，讓墨汁呈現完美的霧狀，在墨汁的遮掩下，使自己順利的逃逸無蹤。因此，洋洋覺得自己是海洋中最難被捕獲的存在。

有一天，一名年輕的海洋生物研究者乘船出海，他對於水底下的生物及牠們的習性**如數家珍**。他知道每逢繁殖季，墨魚都會在近岸的水域產卵，這時是捕捉墨魚的好時機。還有，墨魚靠著墨汁掩蔽，就以為自己能**橫行天下**，這個小小的生物可是非常自負的。

現在，年輕人戴上眼鏡，細心觀察著水中墨魚留下的微細墨跡，他用手撈了一點海水，湊近鼻子聞一聞，似乎聞到了墨汁的淡淡氣味，這讓他更確定墨魚就在附近。果然，很快的，他就在船邊發現了墨魚洋洋的身影。

年輕人看著墨魚裹著一團黑霧，好奇的游近木船，不禁感到好笑：「這小生物以為墨汁能當成隱形斗篷，卻反而露出蹤跡。」

墨魚得意的繞著年輕人的船游來游去，大眼睛透著一抹嘲弄。年輕人靜靜的等待時機，假裝沒看見墨魚，他知道現在還不是動手的時候。他**不慌不忙**的拿出一個特製的網子。

墨魚繞了幾圈以後，漸漸忽視了年輕人，繼續自顧自的游著，沉浸在自己的得意中。突然，年輕人大喊一聲，手中的網子瞬間投向墨魚所在的位置。墨魚洋洋想要躲避，卻被漁網纏住，再也無法自由自在的游動。

墨魚洋洋的得意，瞬間變成了**驚慌失措**，牠不敢相信自己竟然落入了年輕人的陷阱。年輕人熟練而迅速的用網子纏住洋洋，防止牠用墨汁攻擊。洋洋掙扎著，但是被年輕人的網子牢牢禁錮，沒有絲毫機會。

年輕人將捕獲的墨魚輕輕的放進船上的水桶裡。這時候，墨魚噴出了墨汁，弄得整桶水都變成黑色了，但這只是**徒勞無功**的攻擊。

年輕人在這個瞬間深有感慨，他搖搖頭，對墨魚說：「你就是太**得意忘形**了，才會忽略周圍的危險，落入我的網子裡。」他知道自己之所以成功捕捉墨魚，並不是因為他的捕獵技巧有多高明，而是因為墨魚的自大。想到這裡，年輕人有了一個念頭。

於是，年輕人收起網子，將船划向距離岸邊更遠的地方。墨魚洋洋被困在水桶中，慢慢停止掙扎，也不再噴墨了，牠一向認為自己最難被捕捉，現在卻只能沮喪的說：「唉，沒想到我的墨汁，竟然害我被抓住了！」牠在水中不斷的嘆氣。

聽見墨魚的嘆息聲，年輕人蹲下來，微笑著對水桶裡的墨魚說：「學到教訓了嗎？以後，你在未來的海洋冒險要更加謹慎才好啊！」說完，就把墨魚倒回海水裡，放生了。

年輕人對海裡的墨魚說：「可不要再讓我遇見你喔！不再見了！」墨魚洋洋繞著船游了三圈以後，才感激的游回海洋深處。

從此以後，每當年輕人捕獲墨魚，都會細心照顧這些聰明的生物，然後將牠們放回大海，希望牠們能在寬闊的海洋中，汲取更多智慧，明白謙遜的重要。

而墨魚洋洋，也因為這次的事情改變了許多，從此不再沉醉於自己的噴墨技巧，不再得意忘形，而是用謹慎的態度面對所有危機。

一 經典原文：〈墨魚自蔽〉

海有蟲①，拳然而生者②，謂之墨魚③。其腹有墨，游於水，則以墨蔽其身④，故捕者往往迹墨而漁之⑤。噫⑥！彼所自蔽者，乃所以自禍也歟⑦？人有恃智⑧，亦足以鑒⑨。

海裡有一種動物，長得屈成一團像拳頭的，叫作墨魚。牠的腹部裡面有墨汁，在水裡游時，就用墨汁隱蔽自己，所以，捕魚的人往往根據墨汁的蹤跡捕捉墨魚。噫！牠們用來隱蔽自己的墨汁，竟然給自己帶來了災禍嗎？那種靠著自己聰明的人，也應該當作借鏡。

二 注釋

① 蟲：古代對動物的通稱。

②拳然：屈曲成一團的樣子。

③墨魚：又稱烏賊，腹內有墨囊，遇敵即放出黑色汁液，掩護自己。

④蔽：掩蔽。

⑤迹墨：根據墨的蹤跡。漁之：捕捉牠。

⑥噫：音意，表示悲哀、傷痛的語氣。

⑦乃：竟、居然。歟：音於，表示疑問和感嘆的語氣詞，同「嗎」。

⑧恃：音是，憑藉、依靠。

⑨鑒：借鏡。

古文微素養

〈墨魚自蔽〉敘述墨魚原本釋放墨汁是為了保護自己，但墨汁又恰好暴露了牠的行蹤，漁夫可以循著墨汁的蹤跡捕捉墨魚。這提醒我們，凡事都是一體兩面，在某些狀況下，好事可以轉變為壞事，人要隨時看到這種兩面性，以做好準備。【故

事新編】則是讓主角墨魚「靠小聰明」的形象更突出，再讓年輕的海洋研究者幫助墨魚得到教訓。

在古文中，值得注意的是「然」字的用法。「然」用在形容詞或副詞後面，當作詞尾，表示狀態，相當於「……的樣子」。比如，「**拳然而生者**」的意思，就是「屈曲成一團**的樣子**」。其他的例子像是「斐然」（有文采的樣子）、「赫然」（光明、顯耀的樣子）、「恍然」（忽然覺悟的樣子），這些「然」字都是相同的用法，日後閱讀時可以多加留意。

閱讀素養題

下面的題目包含成語用法及故事理解，最後比較本課的兩篇故事，現在就來作答吧！

1【**故事新編**】裡的成語「**得意忘形**」，意思是：「形容人高興得過頭，失去了常態。」下列哪個句子的用法**正確**？

A 小雨被朋友背叛了，感到得意忘形。

B 小新太專注觀察昆蟲的生態，以至於得意忘形。

C 當我們受到別人肯定時，應當謙虛為懷，可別得意忘形。

D 當我們受到別人批評時，應當反躬自省，可別得意忘形。

2【**經典原文**】的故事中說：「**迹墨而漁之**」，下列解釋哪個**正確**？

A 漁夫為了捕獵，就用墨汁做了記號。

B 漁夫暗中跟蹤，而不被獵物察覺。

C 漁夫暗中觀察，學習墨魚的優點。

D 漁夫根據墨汁的蹤跡，捕捉墨魚。

3 【**經典原文**】中墨魚的故事提醒我們什麼？請選出**最符合**的選項：

A 凡事都是一體兩面，要看到事物的兩面性。

B 要慎選攻擊或保護自己（噴墨汁）的時機。

C 捕捉獵物時，要運用細膩的觀察力。

D 靠著小聰明就可以橫行天下。

4 讀完【**故事新編**】後，請選出下列你**認同**的選項（無標準答案）：

A 墨魚洋洋自以為靠著噴墨技巧，就能面對所有危險。

B 墨魚洋洋沒有將年輕人的話聽進去，沒有得到教訓。

C 年輕人對海洋生物的態度，是進行研究而不傷害。

D 年輕人靠著捕捉墨魚，鍛鍊出捕獵的技術。

參考答案

1↓C。2↓D。3↓A。4↓請填寫你的答案＿＿＿＿。

14 翠鳥媽媽愛搬家

（據明朝馮夢龍《古今譚概・專愚部・翠鳥移巢》改寫）

今天要說的，是關於翠鳥搬家的故事。

翠鳥，生活在海濱一帶及水道沿岸，羽毛是淺藍綠帶有金屬光澤，上有白色斑點，胸腹的羽毛是橙棕色，下頦白色。以小魚為食物，在溪流岸邊掘洞為巢。

在下面的【故事新編】裡，我們將看到翠鳥溺愛孩子，最終導致悲劇的經過。讓我們來讀這篇發人深省的故事！

故事新編

從前，在「綠得要命」的森林裡，有一隻美麗的翠鳥，牠身上淺藍綠色帶有金屬光澤的羽毛，在陽光底下閃閃發亮，令人**目眩神迷**。這隻翠鳥在大樹的高處築了一個巢，孵出一窩可愛的小鳥。因為這是翠鳥媽媽的第一窩鳥寶貝，牠對這些小生命非常珍愛。

這天，翠鳥媽媽聽到麻雀媽媽提起昨晚的悲劇，嚇得一夜都睡不好。「昨晚，麻雀媽媽的孩子被風吹下來，墜落地面而死，好可憐啊！而燕雀媽媽的孩子都被火燒了。這些事如果發生在我身上，一定悲傷得不得了！」牠害怕的想。

翠鳥媽媽擔心自己的孩子可能從高處墜落，就**毅然決然**在稍微低一些的枝幹上築了新巢，讓牠們更安全。隨著時間流逝，這窩小鳥長出了一點點羽毛，翠鳥媽媽很開心，更加呵護小鳥，又選了一處更低的枝幹築新巢。

小鳥漸漸長大，羽毛也漸漸長齊，牠們對世界充滿了好奇心，渴望能像媽媽一樣在天空中翱翔。然而，翠鳥媽媽實在太愛這些孩子了，牠感到害怕，牠擔心孩子們飛得太高、太遠，會遇到危險，便不斷拖延讓孩子學飛的時間。

小鳥嘰嘰喳喳的說：「媽媽、媽媽！我們想學飛了！」

翠鳥媽媽和藹的說：「孩子，你們還小，不能飛這麼高。等你們再大一些，媽媽就會教你們飛。」但其實牠怕孩子離開巢穴，可能會遇到危險。

小鳥聽了媽媽的話，雖然有些失落，但也沒有質疑。牠們繼續在巢裡等待，期待媽媽的飛行課。

然而日子一天一天過去，翠鳥媽媽還是不願讓孩子飛，總是找各種理由，有時候說天氣不好，有時候說小鳥不夠強壯。

小鳥開始覺得這個小小的巢，已經讓牠們感到擁擠。牠們時常看著遠方的天空，幻想自己飛翔的模樣。而且，最近媽媽又把家搬到更低的地方了，天空看起來又更遠了些，像是一個難以企及的夢想。

小鳥終於忍不住向媽媽傾訴自己的心聲，牠們叫著：「媽媽，我們真的已經長大了，我們想試試飛行！」

翠鳥媽媽猶豫了一下，但牠對孩子的愛，使牠不得不說：「孩子，你們還太小，我不能讓你們冒險。再等等吧！等你們長大一些再說。」

小鳥一個個失望的低下頭，但也不敢違抗媽媽的意思。

隨著時間的延遲，小鳥的藍色翅膀變得愈來愈弱小，牠們原本應該擁有的強壯翅膀，因為缺乏飛行而逐漸退化。

直到有一天，一群人類來到了森林，他們看到這些美麗的小鳥，被牠們金屬藍的羽毛和清脆的叫聲給吸引。這些人愈來愈靠近翠鳥媽媽的巢穴。

小鳥聽到人類的聲響，個個**驚慌失措**的想要飛離巢穴，卻發現自己的翅膀早已變得無力。又因為巢穴太低，人類毫不費力的就捉住牠們，小鳥只能無助的哀鳴。

翠鳥媽媽看到這一幕，心如刀割。牠意識到自己的溺愛，竟導致孩子的脆弱。如果早點讓牠們學習飛行，牠們或許可以躲避這場災難。

「媽媽，對不起，我們太依賴妳了。」一隻小鳥含著淚水說道。

翠鳥媽媽淚眼婆娑，只能在附近飛來飛去，目送小鳥被人類捉走。

這場悲劇成為這片森林的悲傷記憶。翠鳥媽媽反思自己的錯誤，牠醒悟到溺愛的代價是多麼沉重，孩子被牠的愛束縛，最終變得脆弱、無助。

翠鳥媽媽決定開始改變自己，牠發誓不再重蹈覆轍，要讓未來的每一個孩子都成為飛行家，讓牠們獨立、堅強，並且給牠們更多的空間與自由。

幾個月後，翠鳥媽媽又產下了一窩蛋，這回，牠將巢穴堅實的蓋在樹的最高處。牠對這些蛋說：「孩子們，等你們長出羽毛，媽媽一定會教你們飛，鼓勵你們去探索廣闊的天空！」

這時，輕盈的「劈啪」聲響起，一顆蛋上冒出了一條形狀像微笑的裂痕。

經典原文：〈翠鳥移巢〉

翠鳥先高作巢以避患①，及生子②，愛之，恐墜③，稍下作巢④。子長羽毛，復益愛之⑤，又更下巢⑥，而人遂得而取之矣⑦。

翠鳥先是把巢築得高高的，用來避免禍患，等到生了小鳥，特別喜愛牠們，惟恐牠們從樹上掉下來，就把巢做得略微低了一點。等小鳥長出了羽毛，翠鳥更加喜愛牠們了，又把巢做得更低了一點，於是人們就捉住了牠們。

注釋

①先：起先。以：用。避患：避免災禍。
②及：到了……的時候。
③恐：擔心。墜：掉落、落下。
④稍：略微。
⑤復：又。益：更加。
⑥下巢：把窩做低。
⑦遂：於是。取：捕捉。

古文微素養

〈翠鳥移巢〉敘述翠鳥媽媽因為愛孩子，怕孩子墜落，就不斷遷移巢穴到比較低的地方，反而使小鳥被人類捉走。作者用鳥來比喻人，說明如果父母對子女溺愛、嬌慣，到頭來是害了他們。**【故事新編】**再加入翠鳥媽媽其他溺愛孩子的行為，除了遷移巢穴，還不讓孩子學飛，不給孩子探索世界，這些都讓故事的寓意更加深刻。

另外，就是在古文中常出現的「矣」字的用法，比如「而人遂得而取之矣」，是語助詞，「了」的意思。它可以表示已經發生的事，表示肯定的語氣，或表示這句話的結束。它也可以當作歎詞，表示感嘆的語氣，在這個故事裡的「矣」字，就有感嘆的意味。

閱讀素養題

下面的題目包含成語用法及故事理解，最後比較本課的兩篇故事，現在就來作答吧！

1 **【故事新編】**裡的成語「**目眩神迷**」，意思是：「形容所見情景令人驚異。」

下列哪個句子的用法**正確**？

A 小玉有一點貧血，在大太陽底下目眩神迷。

B 西門豹看著巫婆作法，忽然因為頭暈而目眩神迷。

C 阿紫穿的衣服只有灰色和黑色，讓人看了目眩神迷。

D 元宵節的花燈遊行，五光十色，令人目眩神迷。

2 **【經典原文】**的故事中說：「**稍下作巢**」，下列解釋哪個**正確**？

A 翠鳥媽媽把巢做得略微低了一點。

B 翠鳥媽媽等一下就來做巢。

C 翠鳥媽媽等一下就下來巢裡。

D 翠鳥媽媽把巢的下方稍微修補。

3 【**經典原文**】中翠鳥的遭遇提醒我們什麼？請選出**最符合**的選項：

A 搬家時，要選擇安全的地點。

B 如果父母溺愛子女，可能會害了他們。

C 即使住在安全的地方，也要提防可能的危險。

D 父母對子女應該無微不至的照顧。

4 讀完【**故事新編**】後，請選出下列你**不認同**的選項（無標準答案）：

A 看到麻雀媽媽家的悲劇，翠鳥媽媽確實應該提高警覺。

B 翠鳥媽媽不應該讓孩子喪失飛行的技能。

C 外界太危險了，翠鳥媽媽不讓孩子外出，是正確的。

D 人類不應該隨意打擾動物的生活。

參考答案

1↓D。2↓A。3↓B。4↓請填寫你的答案＿＿＿＿＿＿。

15 不吃虧的狐狸與羊

（據前秦苻朗《苻子・與狐謀皮》改寫）

今天要說的，是關於狐狸與羊不想吃虧的故事。

故事裡的狐狸叫赤狐，牠們的毛皮近似金黃色的褐色，也可能發展出其他顏色，包括白色和黑色。故事裡的羊則是綿羊，羊肉比豬肉的肉質要細嫩，接近牛肉，但肉味較濃。

在下面的【故事新編】裡，我們將看到人類的貪心與愚蠢。讓我們來閱讀這篇深刻的故事！

故事新編

在「遠得要命」的大周國，最大的村莊叫「周家村」，這裡原本有美麗的湖泊和河流，周圍環境清幽，氛圍和諧靜謐得連鷸鳥都不想攻擊河蚌。不過，最近湖泊的水源逐漸枯竭，對當地的農作物和動物造成了嚴重的困擾，問題就出在村長周周的身上。

周周村長擁有一片靠近湖泊的土地，種植了許多農作物，他不顧其他村民的需要，擅自將湖泊的水全部引到他的田地上，好讓自己的農作物得到充足的灌溉。其他村民對於周周村長的行為很不滿，因為他蓋的水壩讓湖泊乾涸（ㄏㄜˊ），影響了他們的生活。但是，村民敢怒而不敢言，因為周周是**有錢有勢**的大財主。

除了霸占水源，周周村長也喜歡享受美食和華麗的服裝。他對於珍奇的菜餚充滿好奇，時常要求廚師烹煮一道道令人**垂涎（ㄒㄧㄢˊ）三尺**的美味佳餚。他更是一個嚮往時尚品味的人，總是要裁縫師配合每一季的流行，為他縫製很「潮」的服裝。

有一天，周周忽然有個大膽的想法，想要製作一件價值千金的皮衣，好讓自己在周王的宮廷宴會上成為焦點。為了實現這個夢想，他決定尋找稀有而珍貴的皮革。**事不宜遲**，他便走入了森林，不久，在森林深處，發現一隻俊美的狐狸，牠黃褐色的毛皮在陽光下**金光閃耀**。

周周就走上前去，開口對那隻狐狸說：「狐狸啊，你身上的毛皮真美，給我做成皮衣吧！我會用昂貴的珠寶來跟你換。」

狐狸聽了，不高興的用鼻子噴氣，說：「剝下我的皮給你，我還能活嗎？何況，我要珠寶做什麼？」說完，就一溜煙的竄入了重疊的山丘下，不見蹤影，讓周周**束手無策**。

周周很不甘心，決定再去尋找一種美味，他打算準備一道像祭祀的羊肉那樣的佳餚，在宮廷宴會上獻給周王。他來到了一片寬廣的草原，看到一群綿羊正在悠閒的吃草，其中有一隻體型最大、最健壯的羊，牠身上的肉看起來非常結實。

周周走近這頭羊，開口對羊說：「羊啊，你身上的肉真健壯，給我煮成美食吧！我會用昂貴的珠寶來跟你換。」

羊聽了，不高興的瞪大了眼睛，說：「我的肉給你吃，我還能活嗎？何況，我要珠寶做什麼？」說完，這頭羊就率領著羊群，一隻接一隻的跑進了森林，周周的話彷彿被風吹散了。

總是**心想事成**的周周，始終不明白，為什麼狐狸和羊要拒絕他。他想：「先前我霸占水源、占據土地，都很順利，為什麼現在只不過想討一件毛皮、想吃到美味的肉，就遭拒絕呢？」周周很不甘心，他決定**堅持不懈**的去說服狐狸和羊。

但是十年過去了，狐狸和綿羊每次見到周周，就飛也似的躲起來，周周還是無法得到皮衣和美味的羊肉，所以，就把他的困擾告訴了周王。周王聽完，大笑著說：「你這個老小子！你向狐狸要毛皮、向羊要肉，不是要了牠們的命嗎？誰會把命給你呢？」周周一聽呆住了。

周王就說：「這樣好了，我請你吃一頓飯，再送你一件袍子，你就懂了。」

隨後，宮廷廚師獻上了幾道美味佳餚，菜色有：五穀雜糧素餡餅、高麗菜水餃、椒麻素雞、蘑菇菠菜麵、素春卷及黑豆麻油炒飯。周周吃了幾口，驚呼說：「素食怎麼這樣好吃？」接著，宮廷裁縫獻上了一件造型時尚的袍子，周周穿在身上，覺得觸感舒適柔軟，又驚呼：「用棉花和麻做成的衣服，穿起來怎麼這樣舒服？」周王用手摸著鬍鬚，笑而不答。

從此以後，周周村長就成了一個素食者，而且只穿用棉花和麻製作的衣服，他再也不想傷害任何動物了。因為物欲減少，他開始覺得，自己根本就不需要霸占那麼多的水源和良田，於是，他拆掉了擋住湖泊的水壩，還把良田分給了村民，獲得村民的愛戴。

現在，周家村是大周國最美的一座村莊，湖泊的景色終於恢復往昔的美麗，而狐狸、羊群和其他動物也自在的在湖畔飲水。周周穿著很「潮」的棉麻袍子，站在湖邊欣賞美景，一邊吃著手上的蔬菜餡餅，一邊忍不住說：「這一切真是美好極了！」

經典原文：〈與狐謀皮〉

周人有愛裘而好珍饈①，欲為千金之裘，而與狐謀其皮②；欲具少牢之珍③，而與羊謀其饈。言未卒④，狐相率逃於重丘之下⑤，羊相呼藏於深林之中，故周人十年不制一裘⑥，五年不具一牢。何者？周人之謀失之矣⑦！

周國有個人喜愛皮衣和愛好珍奇美味的菜餚，想做價值千金的皮衣，就跟狐狸商量要牠的皮；想準備像祭祀的羊肉那樣美味的佳餚，就跟羊商量要牠的肉。話沒說完，狐狸就一隻接一隻的逃進了重疊的山丘下，羊則是前呼後擁的躲進了深林之中。所以，這個周人十年做不成一件皮衣，五年辦不成一次宴席。為什麼呢？周人的計策錯了！

三 注釋

①周人：周國的某人。裘：音球，皮衣。好：音號，喜好。珍饈：珍奇美味的菜餚。饈，音羞，美食。

②謀：商量。

③具：準備。少牢：古代祭祀用的動物，只用豬、羊。珍：美食。

④卒：音足，結束。

⑤相率：互相帶引。重丘：重疊的山丘。重，音崇。

⑥ 故：所以。制：製造。
⑦ 謀：計策。失：錯誤。

古文微素養

這篇〈與狐謀皮〉的原文，藉著周人向狐狸要毛皮、向羊要肉的故事，說明如果我們所謀求的東西直接危害對方的利益，對方是不可能答應的。雖然人都是為自己著想，但不能忽視一個前提，就是利己的同時，不能損害他人的利益。**【故事新編】**加上了許多細節，使主角周周的形象更完整，再加入周王的角色，讓周周有機會改變自己的行為。

在古文中，「而」字有許多用法，故事裡「愛裘**而**好珍饈」的「而」，意思是「和」、「並且」，通常用來連接兩個並立的詞語。我們說自己喜歡A和B的時候，就可以用「而」這個字，來連結A事物和B事物。另外，「欲**為**千金之裘」的「為」字，也有許多用法，在這裡是「作」的意思，指製作皮衣，很容易跟「是」的意思混淆，比如「失敗為成功之母」，意思是：失敗的教訓「是」成功的基礎。只要累積古文的閱讀經驗，就能順利的分辨了。

閱讀素養題

下面的題目包含成語用法及故事理解，最後比較本課的兩篇故事，現在就來作答吧！

1 **【故事新編】**裡的成語「**垂涎三尺**」，意思是：「形容非常貪吃，或對別人的東西起貪念。」下列哪個句子的用法**正確**？

A 看到超市裡擺的櫻桃，鮮嫩欲滴，真讓人垂涎三尺。

B 小嬰兒愛流口水，而且垂涎三尺，真令人頭大！

C 像三星這樣賺錢的公司，真讓人垂涎三尺。
D 小傑對眼前白花花的銀兩毫不動心，垂涎三尺。

2 【**經典原文**】的故事中說周人「**欲具少牢之珍**」，下列解釋哪個**正確**？
A 周人將要被關入本地稀有的牢房裡了。
B 周人想置辦像祭祀的羊肉那樣美味的佳餚。
C 周人的廚房已經準備好祭祀用的佳餚。
D 周人具有品嘗祭祀用羊肉的稀有味覺。

3 【**經典原文**】中所傳達的**主要寓意**是什麼？請選出**最符合**的選項：
A 如果我們向狐狸要毛皮、向羊要肉，就顯得太貪心了。
B 如果我們所用的方法逼人太甚，對方是會逃跑的。
C 如果我們所謀求的東西危害到對方的利益，對方是不可能答應的。

D 錯誤的計策堅持得再久，仍然是錯誤而行不通的。

4 讀完**【故事新編】**後，請選出下列你**不認同**的選項（無標準答案）：

A 周周為了自己的私利，霸占了水源和良田。

B 周王為了點醒周周，請他吃飯和送他衣服，這是很妙的方法。

C 面對萬物之靈的人類，狐狸和羊應該順服的奉獻自己的生命。

D 素食的美味，絕不會比肉食遜色；棉麻衣服的舒適度，也不會比毛皮遜色。

參考答案

1↓A。2↓B。3↓C。4↓請填寫你的答案＿＿＿＿。

16 被烏鴉欺騙的大雞

（據明朝宋濂《燕書・蜀雞》改寫）

今天要說的，是關於大雞被烏鴉欺騙的故事。

雞，是被人類馴化的家禽類，已喪失了大部分的飛行能力，只能飛一小段。在人類刻意的餵食下，雞被養成超重，飛行能力因此比其他鳥類差。烏鴉，是一種聰明的動物，還能提前制定計畫，是城市與鄉村常見的鳥類。

在下面的【故事新編】裡，我們將看到大雞被狡猾的烏鴉欺騙，痛失孩子的經過。讓我們來閱讀這篇引人深思的故事！

故事新編

在大明國那片「綠得要命」的田野裡，住著一隻溫馴而美麗的大雞。牠身上的羽毛布滿了花紋，油油亮亮，像披著一件華麗的錦袍，為綠地增添了一抹生動的色彩。牠頭上鮮紅的雞冠，就像一頂紅帽子。特別引人注目的，是牠脖頸上那宛如火焰的紅色羽毛，使牠彷彿是生活在異世界的神祕生物。

每天，一群活潑的小雞圍繞在大雞的身邊，不停的啁啁叫著。大雞總是用充滿愛的眼神望著牠們，保護這些天真無邪的小生命。小雞在大雞健壯的翅膀下，任意的嬉戲，愉快的跳躍著，這畫面看起來歡樂極了！

在一個寧靜的下午，陽光灑落在金黃色的麥田上，小雞們正在啄地上的米，天空中突然出現了一隻**威風凜凜**的猛禽——雀鷹。雀鷹非常霸氣的在空中大幅度的盤旋，鋒利的眼神掃過小雞身上，似乎在尋找獵物。大雞立刻警覺的展開翅膀，用身體擋住所有的小雞，就像一道堅固的屏障。

雀鷹不斷的盤旋，想找到機會抓住其中一隻小雞。然而，大雞毫不示弱，昂起頭來，左護、右擋，宛如小雞的守護天使，而且秀出牠鋒利的喙，向著雀鷹的方向猛啄，不斷的向雀鷹發動反擊，讓牠無法**趁虛而入**。最後，雀鷹發現自己難以得逞，只好不甘心的發出響亮的鳴叫，飛離大雞的地盤。

大雞鬆了一口氣，但仍然保持警戒。這時候，有一隻烏鴉飛了過來，牠的黑色羽毛相當亮眼。這隻烏鴉的體型比大雞小一些，牠落地以後，就跟小雞們一起在田裡，看似很專心的找食物吃，所以大雞就漸漸的放下了防備。

烏鴉低頭啄食米粒，愈來愈接近大雞和牠的一群孩子。忽然，烏鴉像想到什麼似的，抬起頭來，對大雞說：「嗨，朋友！今天的天氣真好。」

大雞微笑著回應：「是啊，的確是個好日子。」

烏鴉眨著眼睛，說：「這些小雞是你的孩子嗎？他們實在太可愛了！每一隻都那麼有活力，真讓人喜愛。」

聽見孩子們受到稱讚，大雞忍不住開心的說：「謝謝，我也為這些孩子感到自豪，看到他們愈來愈壯，也懂得區分米粒和石頭，真令人驕傲！」

烏鴉露出友善的微笑，說：「你的孩子們能夠在你的庇護下成長，真是幸運。我見過許多地方的小生物，但你的小雞真是獨一無二的存在。」

大雞聽見烏鴉極力的讚美，不禁得意起來，但牠還是謙虛的說：「你過獎了，我只希望他們能夠健康茁壯，為家族帶來驕傲。」

烏鴉揮動著翅膀，說：「那麼，讓我們一起找些食物，怎麼樣？我們烏鴉在尋找食物方面，可是很有一套的！」

大雞聽了，覺得這是個好提議，於是說：「好，我們就一起找食物吧！」

大雞心想：「這隻烏鴉可真溫順啊！牠不但幫孩子們找食物，還陪牠們飛上、飛下的玩耍，這種耐性，連我這個老爸都自嘆不如。」

於是大雞微笑著，看著烏鴉與小雞們一同啄食和玩耍。然而，就在這溫馨的時刻，那隻烏鴉突然展開翅膀，迅速銜著一隻小雞，猛然飛走了。

大雞驚愕的望著這一幕，感覺像是被自己的兄弟背叛了一樣。剛才跟自己閒話家常的烏鴉，怎麼說翻臉就翻臉呢？大雞無助的仰望天空，眼神充滿了失落，牠很懊悔自己被烏鴉騙了。原來外表看似親和的烏鴉，比攻擊牠們的雀鷹還可怕。其他的大雞看到了，也感到無比的憂傷，為那隻被烏鴉抓走的小雞哀悼。

痛失孩子以後，大雞變得更加警戒。經過這次的事件，牠才知道，明顯的敵人容易對付，而那種戴著友善的面具、偽裝成朋友的敵人，才是最可怕的。

經典原文：〈蜀雞〉

豚澤之人養蜀雞①，有文而赤翁②。有群雛週週鳴③。忽晨風過其上④，雞遽翼諸雛⑤，晨風不得捕，去⑥。已而有烏來⑦，與雛同啄⑧。雞視之兄弟也。與之上下⑨，甚馴⑩。烏忽銜其雛飛去。雞仰視悵然⑪，似悔為其所賣也⑫。

蜀地豚澤的人養一種大雞，身上有花紋，並且脖頸上有紅色的羽毛。有一群小雞在旁啁啁叫著。忽然有一隻雀鷹從牠們上方飛過，大雞急忙用翅膀護住所有的小雞，雀鷹抓不到小雞，就離開了。不久有烏鴉過來，和小雞一起啄食。大雞看見牠，把牠當成兄弟，和牠戲耍，很是溫順。沒想到烏鴉忽然銜了小雞就飛走了。大雞憂傷失意的仰望著，像後悔被牠騙了。

注釋

①豚澤：地名。蜀雞：大雞，古代雞的一種，原產於蜀地。

②文：花紋。翁：鳥頭頸上的羽毛。

③雛：音除，幼鳥。週週：同「啁啁」，小鳥叫。

④晨風：指猛禽雀鷹，又稱鷂（ㄧㄠˋ）鷹。

⑤遽：音巨，急忙。翼：保護，動詞。諸：所有的。

⑥去：離開。

⑦已而：不久。烏：烏鴉。

⑧啄：鳥用嘴啄食。

⑨上下：戲耍。

⑩甚：很。馴：順服的。

⑪ 悵然：憂思失意的樣子。悵，音唱。

⑫ 為：音餵，被。賣：出賣、欺騙。

古文微素養

這篇〈蜀雞〉的原文，透過大雞被烏鴉欺騙的故事，告訴我們，明顯的敵人容易防範，但是狡猾陰險、擅長偽裝的敵人，不但像明顯的敵人一樣壞，而且更讓人無法防範。**【故事新編】**則是為大雞和烏鴉的互動，精心設計了一些對話，讓大家從這些對話當中，感受到烏鴉運用的手法，牠先和大雞閒話家常，拚命讚美大雞的孩子，真是厲害啊！

另外，只要在故事裡運用狀聲詞，古文也可以「有聲有色」。狀聲詞，就是用文字模擬聲音，比如「有群雛**週週**鳴」的「週週」，就是模擬小雞的叫聲。至於「為」這個字，除了當作「是」，還可以當作「被」，比如「似悔**為**其所賣也」，意思就是：像後悔被牠騙了。

雖然在古文中，一個字往往有許多意思，但是從上下文來判斷，還是可以正確解讀的。

閱讀素養題

下面的題目包含成語用法及故事理解，最後比較本課的兩篇故事，現在就來作答吧！

1 **【故事新編】**裡的成語「**獨一無二**」，意思是：「只此一個，別無其他。比喻最突出的。」下列哪個句子的用法**正確**？

A 安民有個獨一無二的夢想，等著去實現。

B 芳芳是個平凡而且獨一無二的普通女孩。

C 安安想成為台積電一百個獨一無二的工程師的其中一個。
D 彎彎的髮型獨一無二，班上至少有十個同學和她一樣。

2 【**經典原文**】的故事中說大雞「**有文而赤翁**」，下列解釋哪個**正確**？
A 大雞的身上有花紋，脖頸上有紅色的羽毛。
B 大雞的模樣斯文，脖頸上有紅色的羽毛。
C 大雞的身上有花紋，紅色羽毛使牠像個老翁。
D 大雞身上的羽毛紋理清晰，脖頸上有紅色的羽毛。

3 【**經典原文**】中所傳達的主要**寓意**是什麼？請選出**最符合**的選項：
A 父母如果總是保護孩子，將使孩子失去保護自己的能力。
B 明顯的敵人容易防範，但是擅長偽裝的敵人，讓人無法防範。
C 人不能背叛朋友，辜負了朋友的信任。

D 人應該具備危機處理的能力，遇到危險才不會束手無策。

4 讀完【**故事新編**】後，請選出下列你**認同**的選項（無標準答案）：

A 烏鴉的策略是先吹捧小雞，使大雞放鬆對牠的戒備。

B 大雞聽見烏鴉對孩子的讚美，感到得意，是人之常情。

C 雀鷹採取正面迎敵的方式，是錯誤的策略。

D 大雞應該嚴格的訓練小雞，培養牠們自我保護的能力。

參考答案

1↓A。2↓A。3↓B。4↓請填寫你的答案＿＿＿＿。

17 獅貓巧鬥大老鼠

（據明朝蒲松齡《聊齋志異・卷九・大鼠》改寫）

今天要說的，是關於獅貓捕抓大老鼠的故事。

獅貓，俗稱獅子貓，是由波斯貓與狸貓繁育而來的後代。純種的獅子貓為白色長毛，站姿很像獅子，相當珍貴。牠們的身體強壯，抗病力強，能耐寒冷，善於捕捉老鼠。

在下面的【故事新編】裡，我們將看到獅貓大戰巨型老鼠的過程。讓我們一起來閱讀這篇精采的故事！

故事新編

在「有錢得要命」的大明國，皇宮中的恐怖陰影不是來自外敵，而是一隻大得驚人的老鼠。這隻不知從哪裡來的怪物，在皇宮的各個角落肆虐，牠進入庫房，咬碎保存了幾百年的古代書籍、書法作品和古董器皿，**無價之寶**在牠的利爪下，變得**一文不值**。

不只這樣，大老鼠還覬覦皇宮裡儲存的糧食。牠將堅固的倉庫門咬破了一個大洞，悄悄潛入裡頭，咬碎了大量的米糧、穀物和食物，還在上面拉屎，導致宮中糧食短缺，讓太監、宮女、侍衛，甚至是皇帝、皇后、王子、公主的飲食供應，都受到嚴重的影響。

所以，皇帝決定啟動一場捕鼠行動。朝廷屢次召集強壯的勇士，想趕走這隻大老鼠，卻**徒勞無功**，他們的武術與智謀，在這隻巨大老鼠面前似乎都不管用。還有傳聞說，這隻大老鼠已經吃掉了無數隻貓，似乎擁有無法抵擋的力量。

幸好「希望」即時出現，這時，外國進貢的使者正好帶來一隻雄偉的獅貓，這隻獅貓全身的毛皮如同白雪一樣的白，渾身一根雜毛也沒有，體型也相當大。而且只要仔細觀察，就會發現牠**炯炯有神**的眼睛中，流露著一股野性的光芒。

侍衛們將獅貓帶到大老鼠的巢穴，關上房門，從門縫裡偷看貓的動靜。只見獅貓蹲在陰暗的角落，肌肉繃得緊緊的，一雙眼睛緊盯著老鼠洞。片刻的靜寂過後，大老鼠終於不安的將頭伸出洞外，目光透露出妖氣，像是已經感覺到威脅。

獅貓一動也不動，彷彿融入了黑夜裡。當大老鼠終於走出洞穴時，獅貓的身影瞬間一閃，像一道白光射向老鼠。

大老鼠看見獅貓撲過來，眼中的凶狠變得更加濃烈，牠**毫不猶豫**的衝向獅貓。在大家的驚呼聲中，獅貓輕盈的跳起來，躲過了老鼠的攻擊，然後如同一道閃電，穿過空氣，輕鬆的登上了桌子。

大老鼠不甘心，牠也不示弱的跳上桌子，追逐著獅貓。桌子瞬間成了牠們的戰場，獅貓運用優雅的身法，輕鬆躲避老鼠的撲擊，這樣來回了不只百次。

門縫外的侍衛們心情隨著貓、鼠的移動，不斷起伏，緊張感達到了巔峰，而獅貓和大老鼠的奔跑也愈來愈快速。侍衛們以為獅貓怕老鼠，以為牠沒本領，都覺得完了。不久，大老鼠的動作逐漸變得笨拙，蹲在地上休息，肥肚子隨著喘氣一鼓一鼓，似乎到了極限。

獅貓見**機不可失**，就從桌上飛身下來，像閃電般迅速撲向老鼠。只見獅貓的雙爪一抓，抓住老鼠頭頂的毛，然後張開嘴巴，將牙齒咬進了大老鼠的脖子裡。

大老鼠被獅貓咬住脖子，還是想要反抗，牠們翻來覆去的纏鬥在一起。在外面守候的侍衛們只聽見嗚嗚的貓吼叫，和啾啾的老鼠尖叫聲，交織成一片，外頭御花園樹上的螳螂與蟬聽了，都嚇了一跳。隨著獅貓的力量逐漸占上風，大老鼠的抵抗也變得愈來愈弱。

侍衛們連忙打開房門衝了進去，只見獅貓緊緊的咬住大老鼠的脖子，鮮血不斷的湧出來。大老鼠的眼神逐漸失去了光彩，最終緩緩的閉上了眼睛。

緊張的氛圍在一瞬間解除，人們歡呼著，慶祝這場勝利。大家這才明白，獅貓一開始躲避大老鼠，並不是害怕，而是避開大老鼠的銳氣，等到消耗完老鼠的體力後，就趁著老鼠疲憊鬆懈時再攻擊。你來我走，你走我來，獅貓是在用智謀啊。

皇帝聽完了侍衛的回報以後，忍不住嘆一口氣，說：「唉，那種逞**匹夫之勇**的粗人，只會生氣的拿著武器亂揮亂砍，和這隻大老鼠有什麼不同呢？」於是，皇帝要求所有侍衛都要學習獅貓鬥老鼠的戰術，將來可以運用在戰場上。

現在，皇宮終於恢復了平靜，獅貓也成了宮中的寵兒，有四個宮女負責照顧牠，得以享受豐富的皇家食物和洗泡泡浴，還可以趴在皇帝的腿上睡覺呢！

經典原文：〈大鼠〉

萬曆間①，宮中有鼠，大與貓等②，為害甚劇。遍求民間佳貓捕制之③，輒被噉食④。適異國來貢獅貓⑤，毛白如雪。抱投鼠屋，闔其扉⑥，潛窺之⑦。貓蹲良久，鼠逡巡自穴中出⑧，見貓，怒奔之。貓避登几上，鼠亦登，貓則躍下。如此往復，不啻百次⑨。眾咸謂貓怯⑩，以為是無能為者⑪。

明朝萬曆年間，皇宮中有和貓一樣大的老鼠，危害很大。朝廷向民間徵集了很多好貓來捕捉老鼠，結果都被大老鼠吃掉了。正巧，這時從外國進貢來一隻獅貓，牠全身毛白如雪。大家把貓抱到有大老鼠的房子裡，關上門，從門縫裡偷看貓的動靜。只見貓蹲了好久，大老鼠才從洞裡徘徊不前的出來，牠一見到貓，就生氣的撲過來。貓躲開大老鼠，跳到桌上，大老鼠也跳上來，貓又躍到地上，這樣來回了不只百次。大家都說貓怕大老鼠，以為是個沒有本領的。

既而鼠跳擲漸遲⑫，碩腹似喘⑬，蹲地上少休⑭。貓即疾下，爪掬頂毛⑮，口齕首領⑯，輾轉爭持⑰，貓聲嗚嗚，鼠聲啾啾。啓扉急視，則鼠首已嚼碎矣。

不久，大老鼠跳躍得漸漸慢了下來，大肚子像喘氣般一鼓一鼓的，蹲在地上稍事休息。貓立即猛撲而下，用雙爪抓住大老鼠頭頂的毛，張口咬住大老鼠的頭頸，貓鼠來回翻轉在地上咬鬥，貓嗚嗚的叫著，大老鼠啾啾的叫著。大家急忙開門進去看，大老鼠的頭已被貓咬碎了。

注釋

①萬曆：明神宗時期。
②等：相同。
③制：制伏。
④輒：總是。噉：同「啖」，音淡，吃。
⑤適：正好。獅貓：指獅子貓。
⑥闔：音合，關閉。扉：音非，門扇。
⑦潛：暗中的。窺：偷看。
⑧逡巡：徘徊不前。
⑨不啻：不只。啻，音斥。
⑩眾：大家。咸：音閒，都。怯：音卻，害怕。
⑪無能為：沒有本領。
⑫既而：不久。跳擲：跳躍。

⑬碩：大。

⑭少休：稍事休息。

⑮掬：音菊，用兩手捧取。

⑯齕：音合，用牙齒咬。首領：頭頸。

⑰輾轉：來回翻轉。

古文微素養

這篇〈大鼠〉的原文，描述獅貓與大老鼠交戰的過程，透過獅貓先巧妙躲避老鼠，等到老鼠的力氣用盡才反擊，說明在敵強我弱時，要充分運用智謀才能化被動為主動，最後克敵制勝。**【故事新編】**則加強對皇宮場景的描寫，加入侍衛、皇帝等人物的反應，尤其是將獅貓與大老鼠交戰的動作，寫得像武俠小說裡的高手過招，十分精采刺激。

這篇古文也運用了狀聲詞，比如「貓聲**嗚嗚**，鼠聲**啾啾**」，用聲音來表現牠們廝殺的激烈程度，使得文章有聲有色，熱鬧非凡！另外，要注意的是「**適**異國來貢獅貓」的「適」字，這個字在現代的文章中，最常見的用法有：舒適、舒服、剛才……等等；但是在古文中，經常用來當作「正好」、「恰巧」的意思。「適」還有一種很特別的用法，是作為「女子結婚」的專有名詞，古人說女子出嫁叫作「適人」，是不是很有趣呢？

閱讀素養題

下面的題目包含成語用法及故事理解，最後比較本課的兩篇故事，現在就來作答吧！

1 **【故事新編】**裡的成語「**匹夫之勇**」，意思是：「有勇無謀的血氣之勇。」下列哪個句子的用法**正確**？

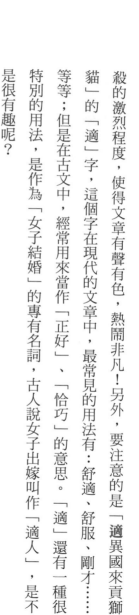

A 普通平民老百姓的勇敢，只能稱為匹夫之勇。
B 能駕馭馬匹的騎師非常勇敢，可稱為匹夫之勇。
C 這些年輕人個性衝動，常喜歡逞匹夫之勇，到處闖禍。
D 曹操說別人是「老匹夫」，就是在罵人逞匹夫之勇。

2 **【經典原文】**的故事中說「**鼠逡巡自穴中出**」，下列解釋哪個**正確**？

A 大老鼠在洞穴裡巡邏一番後才出來。
B 大老鼠從洞穴裡徘徊不前的出來。
C 大老鼠從洞穴裡後退著出來。
D 大老鼠在頃刻之間就從洞穴出來了。

3 **【經典原文】**中所傳達的主要**寓意**是什麼？請選出**最符合**的選項（複選）：

A 敵對的雙方條件必須差不多，才能不分勝負。

B 在與敵人作戰時，可設法消耗敵人的體力，再趁虛而入。

C 一物克一物，每一種動物都有自己的天敵。

D 在敵強我弱時，要充分運用智謀才能克敵制勝。

4 讀完【故事新編】後，請選出下列你**不認同**的選項（無標準答案）：

A 獅貓剛開始時先蹲著觀察老鼠，不急著出手，能沉得住氣，就搶占了先機。

B 皇帝讓獅貓睡在腿上，可能會寵壞獅貓，養虎遺患。

C 侍衛看到獅貓躲避大老鼠，覺得貓輸定了，這是滅自己威風的心態。

D 皇帝從貓鼠交戰體悟到作戰的道理，很有智慧。

參考答案

1→C。2→B。3→B、D。4→請填寫你的答案＿＿＿＿＿＿。

18 井底的青蛙

（據戰國莊周《莊子・秋水・埳井之蛙》改寫）

今天要說的，是一隻井底青蛙的故事。

青蛙是兩棲動物，主要用肺呼吸，兼用皮膚呼吸。牠們產卵在水中，成年後在陸地生活，也會游泳，通常在水邊的草叢中活動，也能潛伏到水中，分為淡水蛙和耐鹽度很好的海蛙。

在下面的【故事新編】裡，我們將看到井底的青蛙離開舒適圈。讓我們一起讀這篇有趣的故事吧！

故事新編

從東海來的大鱉，來探望住在淺井裡的青蛙，青蛙正在**大放厥詞**，說：「你看，我住這裡多快樂呀！高興就在井欄邊跳躍；累了就回到井裡，躺在井壁的磚洞裡休息；在水中可以只露出頭和嘴巴，腳還可以踩在軟軟的泥裡。回頭看那些孑孓、蟹和蝌蚪，誰也比不上我！而且我獨占這坑水，獨享在淺井的快樂，愜意極了。你為什麼不常來這兒參觀呢？」

大鱉聽了也很好奇，想體驗淺井的生活。然而，當牠的左腳剛要踏入井口時，右腿卻被井欄卡住了。不得已只好後退，收回腳來，跟青蛙說：「你見過大海嗎？那海呀，說千里那麼遠，不能夠形容它的廣闊；說千仞那麼高，也不能形容它的深度。大禹治水時，十年有九年淹水，可是海水沒有增加多少；商湯時，八年有七年旱災，可是海岸也沒有減少多少。大海不因為時間的長短而變化，也不因為雨量的多少而增減。住在大海裡，才是真正的快樂呢！」

淺井的青蛙聽了，驚訝得**目瞪口呆**，終於意識到自己的**微不足道**，於是對大鱉說：「你描述的大海，聽起來真令人驚嘆！我希望能夠親自踏上那片浩瀚的海洋。」

大鱉微笑著鼓勵青蛙，於是青蛙開啟了牠的探險之旅。牠離開了淺井，費了不少時間，游過湍急的河流，穿越低矮的平原，最終來到了壯麗的海岸，走向「深得要命」的東海。當青蛙站在**無邊無際**的海洋前，聞著鹹鹹的海風，聆聽波濤的奔騰，心中真的充滿了喜悅和興奮。

青蛙**毫不猶豫**的「撲通」一聲跳進了大海，可是海水湧上來，卻讓牠有窒息的感覺，原來是海水太鹹了，牠的身體無法適應，只能狼狽的逃上岸。青蛙感到困惑和失望，才知道自己跟這片大海並不相稱。牠深深的嘆了口氣，只好向大鱉告別。

現在，青蛙又回到井邊，牠猶豫著是否該回到井底，在見到**波瀾壯闊**的大海以後，牠不甘心只能看到狹窄的天空。忽然間，牠聽到附近傳來細微的流水聲，這聲音是牠從來沒聽過的，如此清脆悅耳，彷彿在呼喚牠。青蛙決定跟隨水聲，看看它會帶自己走到哪裡。

青蛙沿著聲音的方向輕快的蹦跳，很快就找到中央河，牠看著眼前的景致，驚嘆的說：「原來這裡離井邊這麼近！」這條小河流經大魯國，兩旁有高山和青蔥的森林。在那裡，水流緩慢的穿越岩石，形成了一個寧靜的水域，但是水底下的生物無比熱鬧。

這裡的環境和溫暖的陽光，讓青蛙感到**賓至如歸**。青蛙終於找到適合的家，一個能夠好好的看天空、盡情跳躍的地方。從此，青蛙在這條小河快樂的生活，牠不再渴望大海，因為牠已經找到屬於自己的家。

經典原文：〈埳井之蛙〉

埳井之蛙謂東海之鱉曰①：「吾樂與②！出跳梁乎井幹之上③，入休乎缺甃之崖④；赴水則接腋持頤⑤，蹶泥則沒足滅跗⑥。還虷、蟹與科斗⑦，莫吾能若也！且夫擅一壑之水⑧，而跨跱埳井之樂⑨，此亦至矣。夫子奚不時來入觀乎？」

住在淺井裡的青蛙，對從東海來的大鱉說：「我住在這裡多快樂呀！有時在井欄邊跳躍一陣，或是回到井裡，躺在井壁的磚洞裡休息；在水中可以只露出頭和嘴巴，腳還可以踏在軟軟的泥裡，讓泥淹沒腳背。回頭看看那些孑孓、小蟹和蝌蚪，誰也比不上我啊！而且，我獨占這坑水，叉開腿站著獨享淺井的快樂，極為愜意。你為什麼不常來這兒參觀呢？」

東海之鱉，左足未入，而右膝已縶矣⑩。於是逡巡而卻⑪，告之海，曰：「夫千里之遠，不足以舉其大；千仞之高⑫，不足以極其深。禹之時⑬，十年九潦⑭，而水弗為加益⑮；湯之時⑯，八年七旱，而崖不為加損⑰。夫不為頃久推移⑱，不以多少進退者，此亦東海之大樂也。」

大鱉聽了青蛙的話，想進去看看，但是牠的左腳還沒踏進去，右腿就已經被井欄絆住了。於是牠後退把腿收回來，然後告訴青蛙大海的情形：「那海呀，說千里那麼遠，不能夠形容它的廣闊；說千仞那麼高，也不能形容它的深度。夏禹時，十年有九年淹水，海水沒有因此而增加；商湯時，八年有七年旱災，海岸也沒有因此減少。海水並不因時間的長短而變化，也不因雨量的多少而增減，這才是住在東海的快樂呢！」

於是埳井之蛙聞之，適適然驚[19]，規規然自失也[20]。

淺井的青蛙聽了，非常驚訝，覺得自己太渺小而不知所措。

注釋

①埳井：淺井。埳，音砍。
②與，音於，語氣詞。
③跳梁：跳躍。井幹：井上木欄。幹，音韓。
④甃，音宙，井壁。
⑤頤，音怡，下巴。

⑥ 蹶：音絕，踏。跗：音夫，腳背。

⑦ 還：回顧。蚈：音寒，孑孓。科斗：同「蝌蚪」。

⑧ 擅：獨占。壑：音或，坑。

⑨ 跱，音至，佇立。

⑩ 縶：音執，絆住。

⑪ 逡巡：後退。卻，退。

⑫ 千仞：非常高。

⑬ 禹：夏代君王大禹。

⑭ 潦：音烙，淹水。

⑮ 加益：增多。

⑯ 湯：商朝君王商湯。

⑰ 崖：海岸。加損：減少。

⑱ 頃久：片刻與長久。

⑲ 適適然：驚訝恐慌。

⑳ 規規然：渺小。

古文微素養

這篇〈埳井之蛙〉的原文，主要在諷刺青蛙的見識淺薄，相對的，住在大海的大鱉就廣博許多。但是在**【故事新編】**中，我們換另一個角度想，其實大海並不適合每種生物居住，如果青蛙是淡水蛙，就根本不可能移居到海洋，但是牠的視野肯定會因此開闊起來，因為「見識」這種東西，需要許多經驗的累積才能形成，青蛙終於不甘心只待在井底。

同時，這篇古文出現了許多「也」字，這是做什麼用的呢？「也」是一種語氣詞，放在句末，表示判斷、肯定、疑問、感嘆等，本身沒有意義。比如，「還虷、蟹與科斗，莫吾能若**也**」，是肯定語氣；「此亦東海之大樂**也**」，是肯定語氣；「規規然自失**也**」，是感嘆語氣。

我們寫文章，也常會用到：啊、呀、天呀、媽呀、哎呀、哎喲、唉、哇、嘖、唷喲等感嘆詞，都是用來加強語氣。這樣看來，古人的用字，還比我們簡單許多呢！

閱讀素養題

下面的題目包含成語用法及故事理解，最後比較本課的兩篇故事，現在就來作答吧！

1 【**故事新編**】裡的成語「**大放厥詞**」，意思是：「發表誇張的言詞。」下列哪個句子的用法**正確**？

A 在開會時，他不斷大放厥詞，將我們的問題一一解答。
B 在開會時，他不斷大放厥詞，我們不禁鼓掌讚賞。
C 在開會時，他不斷大放厥詞，讓我們感到困惑不解。
D 在開會時，他不斷大放厥詞，提出宏大的觀點和見解。

2 在【**經典原文**】中，描述主角舉動的句子，與下列哪個選項的括號搭配**錯誤**？

A 赴水則接腋持頤。（指青蛙在水中露出頭跟下巴）
B 出跳梁乎井幹之上。（指青蛙是跳梁小丑）
C 於是逡巡而卻。（指大鱉後退並把腿收回來）
D 規規然自失也。（指青蛙覺得自己太渺小）

3 【**經典原文**】中，所蘊含的**寓意**是什麼？請選出**正確**的：

A 住在大房子，心胸、見識才會寬廣。
B 大鱉只以自己的角度看別人，缺乏客觀。
C 青蛙能知足常樂，值得效法。
D 大鱉的寬廣對比出青蛙的見識淺薄。

4 比較【**經典原文**】與【**故事新編**】，以下那個選項是**錯誤**的：

A【原文】的青蛙與大鱉互相較勁，【新編】的青蛙與大鱉互相敬佩。
B【原文】的青蛙見識淺薄，【新編】的青蛙安於現狀。
C【原文】的青蛙最後意識自己的渺小，【新編】的青蛙最後開拓了視野。
D【原文】的大鱉詳細描述大海之樂，【新編】的大鱉鼓勵青蛙離開舒適圈。

參考答案

1↓C。2↓B。3↓D。4↓A。

19 學會保護自己的小鹿

（據唐朝柳宗元《柳河東集・弔贊箴戒・臨江之麋》改寫）

今天要說的，是麋鹿學習保護自己的故事。

麋鹿是一種獨特而美麗的動物，牠們在古代稱為「麈」，因為頭像鹿，蹄像牛，尾巴像驢，脖子像駱駝，又稱為「四不像」。

在下面的【故事新編】裡，我們將看到麋鹿從遭遇困境，到學會分辨敵人的成長過程。讓我們一起閱讀這篇有趣的故事吧！

故事新編

在大明國南邊，一處陰暗的森林裡，有個英俊又魁偉的獵人，正用他強壯的手，將箭搭在弓弦上。他將弓拉得滿滿的，對準了前面不遠處的一頭小麋鹿。

這時，陽光從雲朵裡露出臉來，光線就從樹葉的縫隙間灑了下來，將小鹿棕色的毛皮照得閃閃發亮，散發出令人屏息的美。獵人看了，忍不住暗暗讚嘆，於是放下手裡的弓箭，慢慢的蹲下來，躲在樹木後面，忽然，他用閃電般的速度往前一撲，捉住了小鹿。

喜出望外的獵人，就決定將小鹿帶回家飼養。

當獵人帶著小鹿回到家以後，家中的一群狗看見了鹿，都朝著他們撲過來。牠們每一隻都流著口水，翹著尾巴，嗚嗚低吼，想攻擊小鹿。

獵人很生氣，就大聲的喝斥說：「住手！你們不能傷害牠！這是我的寵物！」獵人怒吼的聲音，讓狗兒們嚇得紛紛退了下去。

其中一隻黃色的狗小聲說：「對不起，我們不知道這是您的朋友。」

另一隻背上有斑紋的狗也說：「我們會好好對待牠的。」

從那天起，狗兒們就不再攻擊小鹿了。

雖然如此，但獵人還是很不放心，所以他想了一個好方法，就是讓小鹿和狗成為朋友。獵人經常帶小鹿去親近狗，讓狗習慣鹿的存在。

每天早晨，當狗兒們跟小鹿打完招呼，都會聚集在角落竊竊私語。

有一隻狗好奇的說：「欸，這是什麼動物啊？看起來好可愛！」

另一隻狗**小心翼翼**的確定獵人不在後，放心的說：「嗯，對，雖然牠看起來很好吃。」

漸漸的，這些狗和小鹿就玩在一起了。經過一段時間以後，牠們似乎不再有傷害小鹿的念頭，讓獵人非常高興。

時間一天一天過去，小鹿長大了，變成一頭漂亮的大麋鹿。然而，雖然牠擁有高大的身軀和一對驕傲的鹿角，卻忘記自己是鹿，只覺得自己也是狗的一分子，把狗當成好朋友。鹿跟這些狗經常在一塊玩耍、打滾，非常親近。不過，狗兒們有時肚子餓，會有點想吃麋鹿。

一隻叫「福來」的狗說：「麋鹿是朋友，不是食物！」

另一隻叫作「阿嬌」的狗附和說：「朋友是不能吃的。」

第三隻叫作「慢慢」的狗說：「肚子餓了，我們還是去吃罐頭肉吧！」

狗兒們的表現，讓獵人滿意極了！他放心的讓麋鹿到處走動。

這天，麋鹿決定走出家門去探險。牠哼著歌，漫步在路上，忽然看見前面有一群野狗。天真的麋鹿**敵我不分**，以為所有的狗都很友善，便跑過去想跟牠們一起玩。

不過，野狗卻只把麋鹿當成獵物。牠們先將麋鹿團團圍住，接著用身體衝撞牠，甚至跳起來，去撞那兩支鹿角，讓牠非常痛苦。獵人養的大雞看到了，嚇得跑回去搬救兵。

麋鹿發出哀鳴，說：「為什麼你們要這樣對我？我只是想跟你們玩呀！」

這群野狗卻不理麋鹿，繼續狂吠，露出尖牙，似乎想吃了牠。麋鹿感到非常失望和害怕，牠原本以為這是一趟有趣的探險之旅，沒想到會得到這種待遇。

這時，獵人帶著狗兒們出現，狗拚命的叫，終於趕走了野狗。

獵人看到麋鹿受傷流血的樣子，非常心疼。他知道，這是因為他沒有教育好麋鹿，才會發生這種事。所以，他決定幫麋鹿上一堂課，教牠能夠**防患未然**，學習保護自己。

獵人嚴肅的說：「麋鹿，你要知道，不是所有的狗都是朋友，那種陌生的狗、表情凶狠的狗，很有可能是野狗，你要保持警惕！」

麋鹿低下了頭，豆大的淚珠掉落在泥土裡。

獵人又溫柔的說：「但是，你也要明白，不是所有的動物都是敵人，有些動物是你的朋友，你要學會分辨。」麋鹿哽咽著點點頭。

從此以後，麋鹿想出門探險，都會帶著獵人的狗一起，牠開始學著勇敢。

那麼，麋鹿究竟學會了什麼呢？牠終於學會分辨真正的朋友和敵人，如果有狗來到牠的面前，牠很快就知道這隻狗是來親近牠的，還是來傷害牠。

麋鹿也明白對待不同的動物，要用不同的態度。當野狗再次出現，麋鹿就用頭上大大的鹿角，趕走野狗。牠終於懂得用自己龐大的身軀，嚇跑那些野狗了。

而獵人呢？從此他收起弓箭，在家裡開了一間動物學校，成為一位優秀的動物老師，教導所有脆弱的動物尋找力量，來保護自己。

經典原文：〈臨江之麋〉

臨江之人①，畋得麋麑②，畜之③。入門，群犬垂涎④，揚尾皆來⑤。其人怒。怛之⑥。自是日抱就犬⑦，習示之⑧，使勿動，稍使與之戲。積久⑨，犬皆如人意。麋麑稍大，忘己之麋也，以為犬良我友⑩，抵觸偃仆⑪，益狎⑫。犬畏主人，與之俯仰甚善⑬，然時啖其舌⑭。

臨江有人打獵時捉到麋鹿，就帶回家飼養。剛進家門時，一群狗流著口水，翹起尾巴，向小鹿衝過來。主人很生氣，斥退了狗。從此，主人每天抱著小鹿接近狗群，讓牠們熟悉小鹿，不傷害麋鹿。後來又讓狗群和小鹿一起玩。時間久了，狗群就完全聽從主人的意思。後來麋鹿長大了，卻忘記自己是鹿，以為狗是朋友，常跟狗群一起頂撞翻滾，愈來愈親近。狗群因為怕主人，只好應付麋鹿，表現友好，卻不時舔著嘴唇，流露想吃掉鹿的樣子。

三年，麋出門，見外犬在道甚眾，走欲與為戲⑮。外犬見而喜且怒，共殺食之，狼藉道上⑯。麋至死不悟。

多年以後，麋鹿走出家門，看見外面的路上有很多野狗，就跑過去想跟牠們一起玩。這群野狗看見麋鹿跑來，既高興又生氣，就撲過去，一起咬死麋鹿，吃掉了，鹿的屍骨散亂的丟在路上。麋鹿到死都不明白，這是怎麼回事。

注釋

①臨江：今中國江西省樟樹市。
②畋：音甜，打獵。麋麑：一種鹿類，頭上有角。麑，音泥。
③畜：飼養。
④垂涎：流口水。涎，音嫌。
⑤皆：都。

⑥怛：音達，喝斥。
⑦自是：從此。就：接近。
⑧習示：看熟。之：狗群。
⑨積久：時間久了。
⑩良：真的。
⑪牴觸：頂撞觸犯。偃仆：音演撲，倒下。
⑫狎：音俠，親近。
⑬俯仰：應付。善：友好。
⑭啖：音但，吃，這裡指舔。
⑮走：跑。
⑯狼藉：散亂。

古文微素養

這篇〈臨江之麋〉的原文是個可怕的故事，麋鹿到死都沒有領悟到，自己究竟犯了什麼錯。因此在【**故事新編**】中，我們進一步思考：為什麼麋鹿會犯錯？是不是牠的父母（獵人）沒有盡到教育的責任？所以在故事中給獵人彌補的機會，突顯教育的意義。

另外，閱讀古文的方法有很多，其中一種方法是**由外而內**的閱讀。首先，要理解詞語的意思，例如「**畋**得麋麑」中的「畋」表示打獵，而「垂涎」表示口水滴下來。其次，要認識虛詞，像「畜**之**」的「之」是指鹿，而「自是日抱就犬，習示**之**」的「之」是指狗群。

接下來就要理解人物。在這個故事中，主人和狗的關係是控制，但是主人和麋鹿的關係，更像對待寵物。最後，要思考悲劇發生的原因，是因為主人、狗群、麋鹿都習慣了彼此相處的方式，卻沒有意識到麋鹿的安全。透過閱讀策略，就能培養出閱讀素養！

閱讀素養題

下面的題目包含成語用法及故事理解，最後比較本課的兩篇故事，現在就來作答吧！

1 【**故事新編**】裡的成語「**防患未然**」，意思是：「在禍患沒有發生之前就加以防備。」下列哪個選項的用法**正確**？

A 明天可能會有颱風，我們要防患未然，檢查門窗，避免房屋損失。

B 如果你沒有學習，就算再努力也很難防患未然，考到第一名。

C 為了讓眼睛看得更清楚，我們要防患未然，戴上眼鏡。

D 明天要去郊遊，我們必須防患未然睡個好覺，以免感覺興奮。

2 【**經典原文**】中，下列哪個選項所描述**主人和小鹿的關係**，是**正確**的？

A 主人視小鹿為威脅，想幫助狗吃掉小鹿。

B 主人對待小鹿的態度不友善，常常嚴厲斥責小鹿。

C 主人對待小鹿就像對寵物一樣疼愛，卻沒有教導牠面對外界的危險。

D 主人把小鹿當成狗的玩伴，看到牠們玩在一起，非常高興。

3 【**經典原文**】中，麋鹿最後被野狗吃掉的**主因**是什麼？請選出**正確**的：

A 主人沒有管教好狗群，讓狗養出凶猛的性格，看到小鹿就想攻擊。

B 麋鹿跟家中的狗群太親近，忘了自己是狗的獵物，以為野狗也是朋友。

C 麋鹿跑到野狗的地盤，對野狗表現親善，想跟野狗一起玩耍。

D 主人沒有好好訓練麋鹿，導致麋鹿長大後失去了生存的本能。

4 比較【**經典原文**】和【**故事新編**】的兩種結局，下列敘述哪個**錯誤**？

A【原文】麋鹿被野狗吃掉，才能表現「無知的可怕」的故事主題。

B【新編】麋鹿學會自我保護，才能表現「從錯誤中成長」的故事主題。

C【原文】麋鹿直到死，都不知道怎麼回事，可以加深故事的悲劇性。

D【新編】麋鹿被獵人拯救，可以加深獵人的英雄形象。

參考答案

1↓A。2↓C。3↓B。4↓D。

20 從天上下凡的白龍女

（據《全唐文・卷五八四》唐朝柳宗元〈謫龍說〉改寫）

今天要說的，是白龍女的成長故事。

龍是古代傳說中一種極具靈性的動物，牠的頭生角，有鬍鬚，身體長長的，有鱗和爪。在古代，龍是帝王的象徵，也是神仙，如龍王、龍女。

在下面的【故事新編】裡我們將看到，白龍女的個性從驕傲轉變為學會同理心、幫助別人的過程。讓我們來讀這篇故事吧！

故事新編

在大周國裡，有個「美得要命」的澤州，當地有個年輕人叫作馬氏，他在十五、六歲時，經常跟一群貴族公子在涼亭裡玩耍。有一天，就在大家笑鬧成一團時，突然，一位美麗的女子出現了。

馬氏驚嘆：「怎麼會憑空出現一位美人？難道是神仙？」

另一名年輕人說：「看，她臉上好像有光！」

只見女子的臉上散發著光彩，像有寶光流動；她身穿有白色花紋的青紅色皮衣，頭上戴著搭配步搖的花冠，每走一步，步搖就輕輕晃動，閃閃發光。

公子們都很愛慕這位女子，不時走到她的身邊逗她。

馬氏問：「**明豔動人**的姑娘，妳來自哪裡？」

女子冷冷的說：「我是白龍女，來自天帝的天宮，在星辰間往來，呼吸陰陽二氣。我不屑小小的蓬萊仙島，看不起遠方的崑崙山，也沒興趣到那些地方。」

馬氏驚訝的說：「原來是仙女，怎麼會來到人間？」

白龍女說：「天帝覺得我太心高氣傲，一氣之下，就把我貶到了人間，說七天後才能回去。」

馬氏說：「我願意為妳做任何事，只要妳嫁給我。」

白龍女板起了臉，生氣的說：「我在這裡已經很委屈了，絕不可能跟你們結婚。你們這麼無禮，等我回到天宮，就把災難降臨在你們頭上！」

那些公子聽到這些話，全都嚇跑了。

白龍女去山裡找了一間寺廟寄宿，寺廟的住持為她整理了一間講經堂，讓她安頓下來。然而在這個平靜的深山裡，白龍女的心卻一直靜不下來。

白龍女對著天上說：「天上的七天，是人間的七年！這麼漫長的日子，該怎麼度過呢？」可惜月亮只能靜靜的高掛在天上，沒辦法給她一句話。

白龍女就這樣在寺廟中住了很久，經常望著天空，想念她的家。

有一天，幾個村民帶著一名病倒的老太太來寺廟求救。白龍女看到老太太身上的瘡不停流血，不禁動了**惻隱之心**，於是她輕輕按住傷口，老太太就不再流血了。

老太太感激的說：「多謝姑娘，妳真善良！」村民們也紛紛表達感激。

白龍女不回答，但是她冷漠的表情似乎有了變化。總是這樣，冰山上的雪要融化，是需要一段時間的。

不久，白龍女在山林間漫步時，遇到了一位拄著拐杖、鬢髮全白的老人。

老人看著她說：「小姑娘，妳似乎很煩惱？」他的眼神充滿慈愛。

白龍女低下頭，憂傷的說：「我對自己很不滿，過去的驕傲似乎是錯的。」

老人笑著說：「小姑娘，驕傲不能真正讓人變得強大，它只是在掩飾妳的脆弱和恐懼。妳需要做的，是先了解自己的心，接受自己的弱點和恐懼，然後找到解決的方法啊！」

聽了這話，白龍女好像了解了什麼，她臉上的線條變得柔和了。她開始明白，過去自己只是用驕傲來武裝自己，她決定放下驕傲，用更多的時間來幫助別人。

這天，白龍女在山裡遇到了一名旅人，他看起來很困惑，不知該往哪個方向走。

白龍女問：「你迷路了嗎？需要幫忙找路回家嗎？」旅人點了點頭。

於是白龍女陪著旅人，走過了崎嶇的山路和茂密的樹林。這期間，她詳細的問了旅人的家在哪裡？有哪些特徵？告訴旅人如何辨識方向。她還跟旅人講了一些天宮的事，使他分散注意力，旅人以為那些都只是傳說而已。幾個小時後，白龍女終於幫助旅人回家了。

旅人擁抱著等他回來的妻子、兒女，**感激涕零**的說：「多謝姑娘幫我找到了家。」一

白龍女的心忽然被觸動了，因為她也很想回家。她哭著、笑了，她終於能夠感受到別人的情感。於是她更加確定，要用幫助別人來度過漫長的七年，直到回到天宮的家。

七年的時間過去，終於到了白龍女返回天宮的那一天。

只見她從月光中掬起一把銀色的水，含在嘴裡，再從口中噴出來，將水噴成色彩絢爛的雲霧。然後她把衣服反過來穿在身上，轉身就變成了一條美麗的白龍，不停往天上飛，飛往天宮的方向，最後消失不見，只剩下黑暗中白色的一點。

人們從此再也沒見過白龍女，只覺得非常思念這位善良的姑娘。

經典原文：〈謫龍說〉

扶風馬孺子言①：年十五六時，在澤州，與羣兒戲郊亭上。頃然②，有奇女墜地，有光曄然③，被緅裘④，白紋之理，首步搖之冠⑤。貴游年少駭且悅之⑥，稍狎焉⑦。

扶風有個姓馬的年輕人說：他十五、六歲時，住在澤州，和一群同伴在郊外的亭子裡玩耍。突然，有個奇異的女子從天而降，光彩奪目，身穿青赤色皮衣，上有白色的花紋，頭戴著步搖冠。少年貴族們雖然驚訝，但很喜歡，不時去戲弄她。

奇女頩爾怒焉曰⑧：「不可。吾故居鈞天帝宮⑨，下上星辰，呼噓陰陽⑩，薄蓬萊，羞崑崙，而不即者⑪。帝以吾心侈大⑫，怒而謫來⑬，七日當復。今吾雖辱塵土中，非若儷也⑭。吾復且害若。」眾恐而退。遂入居佛寺講室焉。

這時女子板起臉孔生氣說：「不可以！我原來住在天帝的宮殿，在星辰間往來，呼吸陰氣與陽氣，我鄙視蓬萊、不屑崑崙，從來不去那兒。玉帝因為我心高氣傲，一氣之下把我貶到人間，七天後才能回去。現在我雖然委屈的來到人間，但不會嫁給你們。我回去後，一定會給你們帶來災禍！」一眾人害怕便退開了。她於是住在佛寺的講堂中。

及期⑮，進取杯水飲之，噓成雲氣，五色翛翛也⑯。因取裘反之，化成白龍，徊翔登天，莫知其所終，亦怪甚矣！

七天到了，女子喝了一杯水，將水噴成雲霧，色彩絢爛。她把皮衣反過來穿在身上，變成白龍，盤旋飛到天上，不知到哪裡去了，人們都覺得很奇怪。

注釋

①孺子：兒童。此指年輕人。

②頃然：突然。
③曄：音夜，光明。又作「熤」。
④緅：音謅，赤青色。裘：皮衣。
⑤步搖：插在髮髻下的首飾，走路會搖動。
⑥駭：吃驚。
⑦狎：音俠，戲弄。
⑧頩：音乒，生氣變臉。
⑨鈞天：天的中央。帝宮，天帝的宮殿。
⑩呼噓：呼氣。噓：音需。
⑪薄：鄙視。羞：感到恥辱。即，到。
⑫侈：音尺，大。
⑬謫：音折，譴責。
⑭若：你、你們。儷：音麗，配偶。
⑮及期：到期。

⑯ 翛：音蕭，自由自在。

古文微素養

在這篇〈謫龍說〉的原文裡，白龍因為驕傲被天帝懲罰住在人間七天，從她驕傲的態度和語出威脅的樣子，只處罰七天真的太輕鬆了。所以在【**故事新編**】裡，我們讓七天變成七年，在這麼長的時間中，給白龍反省、思考，有彌補過錯跟成長的機會。

在古文中，也出現了幾個常見的虛詞。比如，「奇女頩爾怒焉」的「焉」，是表示女子生氣的狀態；「遂入居佛寺講室焉」的「焉」，只是肯定的語氣。

另外，「之」也是常見的虛詞，時常當代名詞用。比如，「進取杯水飲之」的「之」，是指「水」，就是說女子拿了一杯水，把水喝下去；「因取裘反之」的「之」，指的是這件「裘」。

具有豐富的「閱讀經驗」，對於培養文言文閱讀素養，絕對大有幫助！

閱讀素養題

下面的題目包含成語用法及故事理解，最後比較本課的兩篇故事，現在就來作答吧！

1 **【故事新編】**裡的成語「感激涕零」，意思是：「感激得涕淚俱下，形容非常感謝的樣子。」下列哪個選項的用法**正確**？

A 在這個感激涕零的時刻，我深深感受到人生的艱苦。

B 同學總是欺負我，我愈想愈感激涕零，趴在媽媽的肩膀痛哭。

C 聽到老師溫暖的鼓勵我用心學習，我感激涕零，不禁流下了眼淚。

D 昨天哥哥的女友跟他分手，哥哥難過得感激涕零。

2 【**經典原文**】中，關於**龍女生氣**的情節，下列哪個選項**正確**？

A 龍女生氣是因為她氣天帝將她貶下凡間。

B 龍女生氣是因為那些貴族少年對她無禮。

C 龍女生氣是因為七天太久了，所以不耐煩的生氣，想趕快回家。

D 龍女生氣是因為住在佛寺不舒適。

3 【**經典原文**】中，下列哪個選項對**龍女**的描述是**錯誤**的？

A 龍女表現出不受權貴戲弄的堅強個性。

B 龍女看不上蓬萊、崑崙等仙境，是因為她住在天宮，出身不凡。

C 龍女被天帝貶謫下凡，暗喻柳宗元被貶官，不受朝廷重用。

D 龍女心高氣傲，是患有嚴重公主病的女性。

4 比較**【故事新編】**與**【經典原文】**裡人物的形象和舉動，從下列選項中選出**錯誤**的（複選）：

A 【新編】的龍女從驕傲成長為善良，【原文】的龍女沒有成長的轉變。

B 【新編】的馬氏熱情大膽，【原文】的馬孺子是花花公子。

C 【新編】的天帝懲罰龍女的驕傲，【原文】的天帝嫉妒龍女的才華。

D 【新編】的老人很有智慧，【原文】的老人蒼老而衰弱。

參考答案

1↓C。2↓B。3↓D。4↓C、D。

小麥田

小麥田故事館

經典古文小寓言

讀動物故事、打造文言文基礎、閱讀素養題全部學起來！

作　　者　高詩佳
篇章頁繪圖　顏寧儀
封面設計　黃鳳君
協力編輯　曾淑芳
責任編輯　巫維珍

國際版權　吳玲緯 楊靜
行　　銷　闕志勳 吳宇軒 余一霞
業　　務　李再星 李振東 陳美燕
編輯總監　劉麗真
事業群總經理　謝志平
發 行 人　何飛鵬
出　　版　小麥田出版
台北市南港區昆陽街 16 號 4 樓
電話：886-2-2500-0888　傳真：886-2-2500-1951
發　　行　英屬蓋曼群島商家庭傳媒股份有限公司城邦分公司
台北市南港區昆陽街 16 號 8 樓
客服專線：02-25007718；02-25007719
24 小時傳真專線：02-25001990；02-25001991
服務時間：週一至週五上午 09:30-12:00；下午 13:30-17:00
劃撥帳號：19863813　戶名：書虫股份有限公司
讀者服務信箱：service@readingclub.com.tw
城邦網址：http://www.cite.com.tw
香港發行所　城邦（香港）出版集團有限公司
香港九龍土瓜灣土瓜灣道 86 號順聯工業大廈 6 樓 A 室
電話：852-25086231　傳真：852-25789337
電子信箱：hkcite@biznetvigator.com
馬新發行所　城邦（馬新）出版集團
Cite（M）Sdn. Bhd.（458372U）
41, Jalan Radin Anum, Bandar Baru Seri Petaling,
57000 Kuala Lumpur, Malaysia.
電話：+6(03)-90563833　傳真：+6(03)-90576622
電子信箱：services@cite.my
麥田部落格　http:// ryefield.pixnet.net
印　　刷　漾格科技股份有限公司
初　　版　2024 年 5 月
初版三刷　2024 年 8 月
售　　價　399 元
ISBN　9786267281673
EISBN 9786267281659 (EPUB)

本書若有缺頁、破損、裝訂錯誤，請寄回更換。

國家圖書館出版品預行編目資料

經典古文小寓言：讀動物故事、打造文言文基礎、閱讀素養題全部學起來！/ 高詩佳著 .-- 初版 .-- 臺北市：小麥田出版：英屬蓋曼群島商家庭傳媒股份有限公司城邦分公司發行，2024.05
面；　公分
ISBN 978-626-7281-67-3(平裝)
1.CST: 文言文 2.CST: 讀本

802.82　　112022431